laGalera50jove

HE JUGAT AMB ELS LLOPS

GABRIEL JANER MANILA

Premi Joaquim Ruyra 2009

laGalera 50 jove

Un jurat format per Sebastià Alzamora, Francesc Bechdejú, Xavier Carrasco, Marta Luna i Olga Federico va atorgar a aqueta obra el 36è premi Joaquim Ruyra de narrativa juvenil.

He jugat amb els llops, de Gabriel Janer Manilla
Primera edició: febrer del 2010
Primera edició en aquesta col·lecció: febrer del 2012
Setena impressió: febrer del 2025

© del text: Gabriel Janer Manila, 2010
© d'aquesta edició: La Galera, 2012
Perú, 186 – 08020 Barcelona
www.lagaleraeditorial.com

Direcció editorial: Pema Maymó
Disseny de col·lecció i coberta: Mariano Rolando
Dibuixos: (imatge TEO)
Maquetació: Marquès, SL

Impressió: QPprint
ISBN: 978-84-246-4391-1
Dipòsit Legal: B 4904-2012

Tots els drets reservats al titular dels *copyrights*.

A en Jaume, en Biel i n'Alícia,
perquè sé que jugaran
amb els llops.

G.J.M.

«Sempre la mateixa passió pel camp obert,
el mateix èxtasi davant la lluna clara,
davant una vall coberta de neu, la mateixa alegria
quan el vent anunciava la tempesta.»

JEAN ITARD
Informe sobre l'infant salvatge de l'Aveyron

1

Mai no he estat un llop. Ni ho he estat, ni ho sóc ara, malgrat que vaig conviure amb els llops. No sé si vàrem arribar a esser amics. A vegades m'hauria agradat esser un llop: caminar com els llops —la cua estirada, la mirada desperta, les orelles tibants—, córrer com ells, ensumar com ells i foradar la fosca amb els ulls. Potser m'hauria agradat formar part del seu clan, percebre que m'acceptaven a la seva família, saber que el seu espai, dilatat i vast, era el meu: des del rieró d'aigua que naixia allà a prop, al fons de la vall, en una escletxa de les roques, fins a l'extrem dels boscos, a l'altra banda de les muntanyes. Aquell era el seu territori. També fou el meu i, en algun moment, vaig creure'm que en vaig esser el rei, en pugna amb els llops. O amb la seva complicitat. Vaig aprendre d'ells que més val morir-se que viure sotmès. I vaig saber què vol dir resistir. No sé si vaig arribar a desprendre l'olor dels llops. Ara, passat el temps, a vegades m'he entossudit de furgar en el meu cos i he cregut reconèixer en la meva pell la seva fetor intensa i salvatge.

Havíem viscut en un poble del sud. Migràrem a la ciutat, cap al nord. No en tinc cap record, si no és a través de les coses que explicava el meu pare. Però era un infant i només me'n queda la remor d'una veu. Deia que les cases del nostre poble eren blanques i els carrers llargs, que la torre del rellotge era la més alta que hi havia en tota la comarca, que al centre de la plaça teníem un pou d'aigua de vena de les que mai no s'assequen, un pou misteriós i profund, que començà a festejar la meva mare el dia de la Creu, la festa gran de maig. Però no sé si tot això només ho he imaginat. No sé si és cert. Podria esser una història inventada, una fabulació. Però en un racó de la memòria em ressona encara la veu del pare. És una veu que conta, però que s'enfosqueix a mesura que passen els anys.

No me'n record, de com era la mare. M'afigur que era espigada, que tenia la pell fina i els ulls obscurs. Només ho sé per una fotografia que el pare guardava del dia de la noça. La tenia a l'entrada, sobre una taula, vora un ram de flors blanques de plàstic. Quan jo vaig néixer en aquell poble que tenia els carrers llargs, els meus pares ja tenien un altre fill. Hi havia hagut una guerra, però no en parlaven. Només feia set anys que havia acabat i a ells encara els quedaven algunes derrotes. Les guerres sempre les perden els mateixos. El pare tenia la marca d'una ferida en una cama: la cicatriu d'una bala que li havia passat molt a prop i l'havia fregat.

A la ciutat, la meva mare va morir durant el part d'un altre germà. A vegades he imaginat el plor d'aquell dia. És un plor que em creix dins la memòria. Una tia que vivia uns carrers més avall, prop de casa, va recollir el nadó i el va criar. El germà gran, se l'emportà un oncle. Jo, que era el d'enmig, vaig quedar amb el pare. Aviat s'ajuntà amb una altra dona que portava un fill de la meva edat. Devia tenir cinc anys, llavors; però me'n record dels assots que em pegava la madrastra. M'apallissava tots els dies i em bastonejava. Mentre em donava llenya, pegava crits i la veu s'enronquia. Sempre va tenir la veu aspra. Però el meu cos era ple de cops blaus. Un d'aquells dies va desaparèixer la fotografia de la mare.

Retornàrem al sud. Anàrem a viure en un poble de muntanya, a l'interior d'una gran serralada. No en sé el nom, ni sé tampoc si me'n vull recordar. S'enfilava per un coster de carrers malplans fins al peu d'una roca que havien subjectat amb cadenes perquè temien que es desprengués de la muntanya i s'endugués el poble. El pare no tenia feina i decidiren partir cap al sud.

Les muntanyes figuraven la forma d'un bou i les banyes obertes fitoraven el cel. Ens instal·làrem en una barraca de carboners, a recés d'una mola tallada a plom, enmig d'un terreny aplanat: les parets de pedra i el sostre cobert de branques de roure i terra. Ens ajocàvem allà dintre. Cada nit esteníem quatre sacs de palla. Ens cobríem el cos amb una flassada i esperàvem l'alba. El pare tapava el portal amb una post i la subjectava amb una estaca perquè no vingués un animal a sorprendre'ns mentre dormíem, ni entràs el vent que es filtra per tots els forats. Tanmateix, ell mai no s'adormia del tot i m'afigurava que mantenia un ull obert durant la nit. No gaire lluny de la barraca teníem un corral de porcs i un altre de cabres. Els vigilava sempre, no fos cosa que vinguessin els llops i en fessin destrossa.

La madrastra m'obligava a arreplegar un sac de glans cada dia. Començava de bon matí i recorria els alzinars que s'enfilaven per les terres altes, més enllà de la cabana, per un pendís agrest. No era fàcil. A vegades els disputava, aquells glans, amb els senglars. Grunyien, en veure'm a prop de les alzines, i es posaven furiosos. Els glans que arreplegava els donàvem als porcs. El seu fill s'ocupava de recollir l'herba amb què alimentàvem les tres o quatre cabres. Ells treballaven a la sitja, sobretot el pare. Marcava el terreny en forma de cercle, amuntegava els trossos de llenya —alzina, roure, ullastre— i els cobria d'herba i de terra, disposats de forma que cremassin amb lentitud. El procés era lent. M'agradava veure les fumaroles blaves que sortien del caramull de troncs, mentre el pare esporgava el bosc i tallava la llenya per tornar a començar, després que obríssim la sitja i n'arreplegàssim el carbó.

Venien a cercar-lo amb un carro i se l'emportaven a les ciutats. El pare cobrava, però d'aquells diners n'havia de donar una part al senyor de la garriga i dels boscos. El carreter era un home menut, fantasiós i magre que ens feia riure amb les seves històries. No sé d'on les havia tret, tantes que en sabia. En sabia de gegants, de bruixes, de joves ardits, d'onsos i donzelles. Però les que més m'agradaven eren les d'animals. Parlava d'uns peixos que volaven i acudien a amagar-se sota la falda de les dones, d'una ovella que tenia la llana d'or i d'una tortuga que desafiava una llebre i la convidava a córrer fins a l'extrem del món, convençuda que la guanyaria.

Un dia li vaig dir:

—On és l'extrem del món?

Però no em va respondre. M'hauria agradat fer-li més preguntes. Sobretot, que m'explicàs com eren les ciutats on portava el carbó. Les imaginava fosques, cobertes de pols negra i tristes.

Només menjàvem pa els dies que la madrastra acudia al poble. Hi anava els diumenges i tornava amb un pa mig amagat. M'agradava mullar-lo, aquell pa, en la llet de les cabres tot just acabada de munyir, escumosa i calenta. En temps de glans m'atapeïa de glans, però també menjava altres fruites del bosc: móres, i groselles, i arboces. Llavors, si el pare matava un conill, aquell dia dinàvem de carn. Moltes vegades només vaig tenir un manat d'herbes que portar-me a la boca. I feia com fan els animals de remuc, que tornen a treure's l'herba del ventre i se l'empassen de bell nou. Altres dies rosegava una escorça de roure fins que li treia tota la substància.

Al poble s'organitzaven partides de caça. S'ajuntaven els homes armats d'escopetes, els més poderosos d'aquells paratges perquè posseïen les terres i les senyorejaven. Muntaven els cavalls i desapareixien bosc endins. En alguna ocasió ens passaren a prop i nosaltres els miràvem inquiets, la por retinguda a la punta dels ulls. Era com veure partir un escamot de tropa cap a la guerra. Durant hores seguides sentíem els dispars d'aquells homes. Rere cada tret, el silenci fosc. A vegades, el bramul d'una bèstia. Quan tornaven a passar portaven les preses fermades a les anques dels cavalls: un senglar, un cérvol mascle, una cabra... N'hi havia un que portava un llop platejat. Entre les dents tenia una glopada de sang retinguda. Els ulls oberts del llop varen clavar-se sobre els meus. Era mort i se l'enduien per fer-li la pell. Mai no l'he pogut oblidar, la mirada glaçada del llop. Mai.

Un dia, abans que fos de nit, es presentà un home. Muntava un cavall roig que tenia un estel al front. El rostre allargat, la cara eixuta, els ulls foscos, la boca esdentegada. Portava un capell negre. Aquell home baixà del cavall i parlà amb el meu pare, però ja tenien el tracte tancat. Li donà uns diners, em va agafar pels braços, em va pujar al cavall i em féu seure a la gropa. No sé quins diners va donar-li. Només vaig veure que el pare agafava alguns bitllets de les mans d'aquell home. Partírem. El meu pare m'havia venut com es ven una cabra.

2

Llavors no coneixia els diners i no vaig saber què n'havien pagat, de mi. Quantes monedes havia cobrat el pare, quants de bitllets? Per quina quantitat m'havia venut? No ho sé. Aquell home em va portar a casa seva. Una casa enorme, amb reixes a les finestres. Em féu entrar a la cuina i m'afartaren de menjar. Hi havia un pa sobre la taula. I embotits: xoriç, llonganissa, pernil. Mai no havia vist un pa tan gros com aquell. No sabia com l'havia de llescar. Em deixaren sol. Poc després arribà a haver-hi quatre o cinc persones —no sé dir quantes eren—, que miraven la forma amb què menjava. S'estranyaven de veure'm tan afamagat. En un racó de la cuina hi havia una xemeneia i alguns troncs que cremaven. Dos moixos s'escalfaven a prop del foc, endormiscats. I un ca de casta grossa, potser un ca de bou. No es barallaven entre ells, els moixos i el ca.

En la vida no havia estat en una casa com aquella i tot m'era desconegut. Em miraven en silenci. Llavors parlaven entre ells en secret. Amb els anys, les cares s'han confós i només record la taula plena de menjar, el foc d'aquells troncs. Em tallaren els cabells. Vingué una dona amb una tisora i una pinta. Ras, ras...! Només varen ser quatre tisorades. Quan es tancà la nit i es féu fosca negra, perquè no pogués saber el camí de retorn, tornàrem a muntar el cavall i aquell home em portà a la serra, en una vall entre dues muntanyes. No volien que me'n pogués escapar, d'aquell lloc. No sabien que potser hi arribaria a esser feliç. Va parlar poc, mentre trescàrem per camins de muntanya, estrets i mal plans. Les passes del cavall ressonaven en la profunditat del bosc i anaven a caure en un avenc. Era un colpeig aspre, sec. Vaig mirar el cel i era ple d'estels. El cavall continuava el seu camí. Era com si es conegués de memòria el lloc cap on anàvem. No vaig preguntar res a l'home que m'havia comprat. Vaig pensar: Ara sóc seu i potser no em bastonejarà com feia la madrastra. El pare ho consentia. Els llocs per on passàvem no m'eren estranys: les roques, el pedreny, les terres enfilades pels costers, els arbres, l'aigua que corria ran del camí. Un fil d'aigua prim. Vaig sentir els llops que udolaven, lluny. Potser no hi ha res més inquietant que l'udol d'un llop sota un camí d'estels. Vaig pensar en aquella peça que portava el caçador com si fos un trofeu. I vaig creure que amb aquells crits em donaven la benvinguda a la terra dels llops. A la terra dels llops. Llavors no tenia més de set anys i no sé si sabien que a aquell al·lot que arribava muntat a la gropa d'un cavall roig li hauria agradat esser un llop. No sabien que amb el temps el meu cos arribaria a fer la mateixa olor dels llops.

Però aquella nit vaig tenir por. A mesura que el bosc

s'espesseïa i les muntanyes ens estrenyien el pas, vaig sentir grinyolar altres animals: cabres salvatges, cérvols, guineus... Hi havia serps, escorpins... I el crit de l'àguila. De matinada arribàrem a una cova, sota una penya, vora un camp obert. En sentir les passes del cavall, en sortí un home vell: la barba blanca però bruta, les cames inflades. Tenia el caminar fatigós i ranc. Vull dir que caminava a la torta. Portava unes sabates de suro fermades amb tires de pell. Hi veia poc, però d'això vaig adonar-me'n els dies que seguiren. L'home que m'havia comprat em baixà del cavall i em deixà amb el vell. Varen parlar molt poc i, si digueren cap paraula, no vaig ser capaç d'entendre'ls. Tornà a muntar al cavall i partí. Vaig sentir de bell nou el colpeig de les ferradures sobre les pedres. I vaig percebre que s'allunyaven per sempre. El vell va tallar unes branques verdes i entràrem a la cova. Les va estendre en un racó, a prop del foc. Les cobrí amb una pell de cérvol i me'n donà una altra perquè em servís d'abric contra el fred. Aquell era el meu jaç. I la cova fou el meu refugi. No em va preguntar res, l'home vell. Ni em dirigí la paraula fins que clarejà el dia. No vaig aclucar els ulls en tot el temps que restà de nit. El vaig sentir roncar. Era un ronc que s'assemblava al rugit dels cérvols: carregós i llarg. Vaig observar les parets de pedra, el foc, les arrels d'un arbre que davallaven del sostre per un clivell de la roca, unes pintures de la volta només entrevistes de manera confusa que representaven uns caçadors que perseguien un animal. Potser estava ferit.

Quan es féu de dia, sortírem de la cova. Aquell home s'acostà a una cabra, agafà una escudella de suro, com un plat fondo, i començà a munyir-la. Les alzines sureres tenen al tronc unes mamelles que, si les talles, perquè són còncaves, pots fer-les servir de recipient. En va omplir una de llet i la'm va donar. Em va dir que la'm podia beure. Llavors va agafar un altre d'aquells plats, tornà a omplir-lo i se'l va beure ell. Vaig alçar els ulls i el vaig mirar somrient, desconcertat. Se'n va sorprendre. Féu:

—Em dic Damià.

Vaig respondre, insegur:

—Jo em dic Marcos.

Però fou com si no m'hagués sentit. Obrí la barrera i deixà que les cabres sortissin a lloure. En teníem més de tres-centes i havíem de procurar que menjassin a bastament, que criassin els cabrits i la guarda creixés. Perquè en venir aquell home trobàs bona collita i se'ls emportàs. Estaven tancades en un corral: un seguit d'estaques clavades a terra i una bardissa de branques d'alzina. Obrí la barrera i partírem rere les cabres, pels marges que voregen la vall. No gosava perdre'l de vista, sempre rere seu, perquè, amb tants d'animals que hi havia, tenia por.

Més tard em vingueren ganes de jugar. Amb la branca d'un arbre li feia moixaines pel cap i pessigolles. A en Damià no li agradaven els jocs ni les bromes. Estava avesat a viure sol, només eren els animals i ell. Agafà un garrot i m'envestí a bastonades; però no m'atrapà. Vaig saltar com un llagost. Li flaquejaven les cames i tenia un tel als ulls que feia que hi veiés poc. Amb la vista embullada no era capaç d'endevinar-me les cuixes ni d'adjudicar-me un sol cop a l'esquena. Però això li encenia encara més el foc de la ràbia. De forma inesperada començava a cridar. Era com si hagués embogit de sobte. No l'entenia. Però no sé si era perquè feia servir paraules que no havia sentit mai o si perquè, en dir-les, havien de travessar els portells esdentegats de la boca i canviaven el significat. Les paraules eixien atropellades, com perdudes en un avenc. Aquells crits s'assemblaven als grunyits d'un animal cansat. I potser només era un animal cansat, en Damià.

No fou aquella la darrera vegada que tractà d'ablanir-me a garrotades. N'hi va haver algunes altres. Per això mai no m'hi acostava, encara que havíem d'avenir-nos a la força: ell havia de complir l'encàrrec d'ensenyar-me el que era necessari per sobreviure en un lloc tan inhòspit, d'instruir-me en tot el que atany a l'atenció i l'esment de les cabres a fi que criassin en abundància i pujassin les cries sanes com un roure. Jo no sabia com havia de fer-ho per escapar-me, ni quin camí havia de prendre, ni on podia anar. Si m'hagués escapat no hauria sabut on havia d'acudir. I per què m'havia d'escapar? El meu amo també era l'amo d'aquelles terres, de l'aigua del riu, de les cabres. I havia decidit, perquè m'havia comprat al meu pare i havia pagat no sé quins diners, que m'estaria allà fins que em caiguessin les dents i se m'entelàs la vista.

Li vaig dir que tenia fam.

—Tinc fam, Damià.

No em va tornar resposta. Va tallar una branca d'estepa blanca —són unes estepes les branques de les quals segreguen una resina viscosa—, i la deixà com un pal sense fulles ni brots. Li va fer tres talls, l'aficà en un forat, al peu d'una roca, i li féu donar voltes fins que, quan el va estirar, observà que aquell tros de pal portava alguns pèls enganxats. En tallà un altre de més llarg i el tornà a aficar per la mateixa escletxa. El féu voltar de bell nou i en va treure un conill aferrat a la resina que segregava la vara. Li pegà un cop amb el cairell de la mà rere les orelles, va treure un ganivet, l'escorxà, li tragué la ventresca, féu una mica de foc i, en esser caliu, féu un clot, lligà el conill amb herbes i l'enterrà amb el caliu. Partírem a voltar amb les cabres, va tallar una branca d'arbocer i la'm donà.

Em va dir:

—Aquestes arboces et permetran entretenir la gana; però no en mengis gaires que et podrien fer mal.

Tornàrem a passar per aquell punt on havíem enterrat el conill i el foc. El va treure i el va desfer de les lligadures. Acudí a una alzina surera i tallà dos plats. Partí el conill i me'n donà la meitat perquè me'l menjàs. Féu:

—Menja.

I perquè el vaig trobar bo, aquell dia vaig afartar-me de conill a la brasa.

3

Quan arribà el vespre arreplegàrem les cabres i les conduïrem al corral que teníem tancat d'estaques i brossa, a prop de la cova. No era difícil, perquè per elles soles sabien el camí. Va treure dos pots de llauna. N'hi havia un ple de pedres petites, com pedrolins de torrent, l'altre era buit. Em va dir:

—Posa't aquí, prop del portal. Per cada cabra que entri has de treure una pedra del pot ple i l'has de posar dins l'altre pot: el que està buit. Si et queden pedres al pot, és perquè et manquen cabres. Si les poses totes dins el pot que està buit, és que les has arreplegat totes al corral. No pots descomptar-te, el sistema no falla.

Però sempre n'hi havia que arribaven més tard i patia de pensar si s'haurien perdut.

Una nit, després d'algun temps, va tancar la porta del corral com cada dia. Havíem comptat les cabres i totes les pedres eren al pot. Em va dir:

—Vés-te'n a la cova i espera'm. Aniré a cercar un conill.

No va tornar. Em vaig quedar sol. No l'he vist mai més, aquell home. Cansat d'esperar, vaig sortir de la cova. Vaig recórrer aquelles terres, de nit, pam a pam. Tenia por: els grunyits dels animals, les ràfegues d'aire entre les branques. Vaig tornar a sentir l'udol dels llops. El vent l'allargava, aquell crit. Feia fred. No sé el temps que havia passat des de la meva arribada a la vall, quan em va deixar. Tres o quatre setmanes, potser més dies. Qui sap, un o dos mesos. No ho sé. Era nit fosca i vaig cridar-lo, per si de cas havia caigut o l'havia atacat un animal.

—Damià...! Damià...! Damià...! On ets, Damià...?

Ningú no em responia. Lluny, el ressò d'aquella veu. I el silenci fosc.

L'endemà, quan clarejà el dia, vaig tornar a cercar-lo.

—Damià...!

Havia marxat i m'havia deixat sol. Ara que ja sabia comptar les cabres i pasturar-les, podia partir. Probablement aquest era el pacte que havia fet amb l'amo. Potser se l'endugueren a un hospici perquè hi esperàs la mort tranquil. Ara sabia que les cabres havien quedat en bones mans. Era l'única cosa que els importava: les cabres. Només, les cabres.

Vaig mirar per tot arreu i no era enlloc. En veure que havia descomparegut, vaig agafar un d'aquells plats de suro, vaig entrar al corral i em vaig apropar a una cabra que tenia el braguer esponerós i gros. Vaig intentar fer el que feia en Damià tots els matins, però no me'n sortia, i vinga a estirar la cabra. Em pegà una coça que em va deixar allargat. Llavors, en veure que no era capaç de treure-li una gota de llet, em vaig fixar en la manera amb què mamaven els cabrits i em vaig acostar a una cabra. La vaig agafar per una cama, però no aconseguia que s'estàs quieta. N'hi havia un, el més petit de tots, que mamava tranquil, allargassat. M'hi vaig apropar molt a poc a poc i em vaig amorrar a l'altra mamella. Però, en veure'm, el boc em pegà cop de banya i em tirà al trespol. El mascle de les cabres no consentí que prengués unes glopades de llet al seu fill. I no vaig poder mamar. Vaig plorar perquè tenia fam. La mateixa fam de sempre. Llavors vaig obrir la porta perquè sortissin a pasturar pel bosc, fins al riu.

La fam em va fer pensar en en Damià. I vaig recordar el que feia amb el bastó d'estepa. Vaig tallar un tros de pal, el vaig aficar en un d'aquells forats, vaig fer que voltàs i vaig treure un conill enganxat amb la resina. No el sabia matar i el vaig fermar amb una corda per una cama, mentre preparava el foc. A la cova, que tenia un forat per on sortia el fum, sempre hi havia dos troncs que cremaven, que havia d'alimentar amb llenya prima. Quan vaig tenir-ho tot a punt: les herbes per fermar-lo, el foc..., vaig agafar el ganivet —era un ganivet de muntanya que havia deixat en Damià—, i vaig acudir a cercar el conill. Hi anava per matar-lo i alhora plorava perquè no hi consentia. El conill ja no hi era. Havia rosegat la corda i s'havia escapat. Aquell dia només vaig menjar una embosta d'arboces.

Mentre les collia, me'n vaig endur un trastorn. Se'n vingué una guineu i em va fer a l'esquena:

—Uà, uà, uà...

Vaig partir a córrer. Quan era a punt d'arribar a la cova vaig sentir un conill que giscava. Era el conill que s'havia escapat i que, amb el tros de corda que li penjava d'una cama, s'havia enganxat en una mata.

Tenia fam i sabia que havia de matar-lo. Vaig agafar un tros de garrot i m'hi vaig acostar. Li vaig etzibar garrotada al cap. Va quedar sec. No el sabia escorxar i se'm va omplir de pèl: la carn del conill, les mans... Vaig acudir al riu i el vaig netejar, però mentre el rentava se'n vingué un esbart de peixos. Havia sentit contar que els peixos poden agafar-se a cops. Vaig posar quatre pedres i una de més llarga i prima damunt les altres quatre. Sota la pedra, vaig posar-hi els budells que havia tret del ventre del conill. Acudiren els peixos, embogits per l'olor. Vaig rompre la pedra i vaig aconseguir agafar-ne una partida. Altres vegades vaig parar aquella trampa. I vaig poder menjar peixos del riu.

Un altre dia vingué a veure'm el senyor de les cabres. Em va portar mig sac de pa. Rosegons del pa que els havia sobrat a la taula. Em va dir:

—Això és perquè tinguis per menjar.

Llavors li vaig contar que en Damià havia desaparegut:

—Una nit em va dir que se n'anava a cercar un conill i no va tornar. El vaig cercar durant molts de dies. Va esser inútil.

Va respondre:

—Deixa-ho estar. Potser deu ser mort.

—Mort?

Tanmateix, amb el temps vaig pensar que se l'havien emportat a un hospici. Estava acabat i se l'endugueren. No en podien treure res més.

Insistí:

—Tu procura guardar les cabres i posa esment perquè els cabrits creixin.

Sempre es presentava aquell mateix home. Potser venia altres vegades sense que jo m'adonàs que havia vingut a controlar si les cabres estaven ben tractades. Venia a vigilar-me i tornava a marxar sense dir res.

Vaig adaptar-me a aquella vida. Sentia que podia fer allò que volia. I va arribar un dia en què vaig començar a entendre'm amb els animals. No és tan difícil com entendre's amb els homes. Un dia trossejava un conill i es presentà una guineu. N'hi vaig donar un tros i se l'empassà. Semblava que me'l demanava, el tros de conill. Tornà altres vegades. En un començament pensava que acudia a veure'm perquè li donava menjar. Però arribàrem a esser amics.

Em seguia sempre. Tenia el pèl roig. Li agradava que l'acariciàs, que li refregàs la mà pel coll. La cridava com si fos un ca, perquè estava convençut que era un ca i no hi havia ningú que pogués dir-me que era una guineu.

Hi era feliç, en aquella vall, perquè m'agradaven els animals i m'hi entenia. Vaig aprendre a munyir. Un dia en què bevia un plat de llet al portal de la cova, es presentà una colobra. Començà a fer voltes entorn meu i vaig pensar que potser tenia fam. Vaig abocar una mica de llet en un altre plat i l'hi vaig donar.

Se la va beure tot d'una. I l'endemà tornà a la mateixa hora.

4

Un altre dia, era al centre de la vall, a l'horabaixa, i la colobra es tornà a presentar. De tot d'una no vaig saber si era la mateixa. S'adreçava i movia el cap de manera insistent. M'agradava veure que s'aixecava, que es posava dreta. Tenia el cap llargarut i els ulls negres, brillants, i era llarga i platejada. Potser havia tornat perquè volia llet. Vaig agafar el ganivet, vaig tallar unes branques i vingueren les cabres a menjar-ne. Succeïa que, a vegades, no arribaven a les rames i jo els en tallava perquè tinguessin el menjar a l'abast. Ho tenia bo de fer, si volia un plat. Només es tractava de tallar un d'aquells grops que hi havia a la soca de les alzines sureres. Vaig munyir una cabra i la llet que vaig treure vaig donar-la a la serp perquè se la pogués beure. Ja no se'n va tornar del meu costat.

Fou com si s'hagués enroscat a la meva vida, aquella serp. Però alçava el cap, estirat i viu. Arribà un ocell. Era un ocell petit que tenia el pit vermellenc. Es posà en un branquilló i la serp vinga a alçar-se cap amunt, cap amunt, la mirada fixada en l'ocell, el cap dret, i vinga a alçar-se, i l'ocell incapaç de moure's. Quan el tingué immobilitzat, només amb la mirada, se'm va apropar a mi, molt a poc a poc. Vaig pensar que me'l volia donar, però no estava segur si havia d'agafar-lo amb les mans. El vaig agafar i vaig començar a jugar amb l'ocell. Mentre hi jugava se'm va escapar i la colobra, en veure que l'ocell s'havia escapat, ni que fos una persona, començà a anar d'una banda a l'altra com si es volgués riure de mi. Se'n va riure, perquè l'ocell m'havia fugit d'entre les mans.

Era un dia en què tot just acabava de fer una mica de clot, quasi un forat en terra, a fi de caçar una perdiu. Posava un tronc molt prim que subjectàs una pedra. Arribava la perdiu, removia la terra, el tronc cedia, tombava la pedra i la perdiu quedava atrapada dins el forat. Ho vaig fer moltes vegades. També me n'havia ensenyat en Damià. Doncs aquell dia jugava amb unes bolles, com pilotes de la grandària d'una nou, que fan els roures, a més dels glans molt amargs, però primerencs. La serp em va prendre una d'aquelles bolles i, per molt que m'hi entossudís, no aconseguia que l'amollàs. Fugia de pressa i corria. Llavors venia cap a mi i la'm deixava just davant meu. S'entossudí de jugar en aquell joc. Vaig agafar-li confiança i ja no es va moure del meu costat. Ens havíem fet amics.

La cova era la meva casa: un forat dins la roca viva. La porta, per una bretxa de la pedra, tenia dos graons formats per les arrels d'una alzina que s'alçava arran del forat que em servia d'entrada. Però hi havia moltes branques i brossa molt espessa. Entrava a la cova i era com si em refugiàs en un amagatall secret. Com els conills que es fiquen al seu cau. I com els llops. A mà dreta hi havia un espai per fer foc. En podríem dir la cuina. Tot el trespol era de roca, excepte més endavant que hi havia una cambra en què era de terra. Llavors, una altra zona on podia guardar els quatre ormetjos que tenia, poca cosa: alguns pals ressecs, endurits pel temps, una taleca de pell que mai no vaig utilitzar —la vaig trobar penjada en una estaca i així va estar sempre, plena de polsim—, una barra de ferro que en Damià feia servir per remoure els calius i atiar la flama, una gàbia de fusta on podia guardar el pa, quan em portaven els rosegons durs que els amos de les cabres arreplegaven de taula, una gerra que sempre tenia plena d'aigua, unes pells per cobrir-me del fred...

A vegades la vaig mirar, aquella taleca. No gosava tocar-la. Era plena de pols i de verdet. Em pareixia misteriosa. De qui havia estat i l'havia deixat penjada per sempre a l'estaca? Va esser d'algú que es resguardava allà dintre en temps molt passat? Potser va pertànyer a en Damià, el vell cabrer que vaig substituir. O d'un altre cabrer... Qui sap? I sortia de la cova, girava la mirada a la lluna com els llops i cridava:

—Damià...! On ets?

Però l'amo de les cabres m'havia dit:

—Deixa-ho estar. Potser deu ser mort.

—Damià...!

Era gran, la taleca. Havien fet servir la pell d'una cabra i era enorme, com si l'haguessin fet tan grossa perquè pensaven que havia de portar-la un gegant. El gegant que havia caminat cap a la lluna i s'hi havia perdut. El pare m'havia contat aquesta història, una nit d'estiu, asseguts en unes pedres, prop de la sitja. No sé si aquella nit ja tenia la intenció de vendre'm a l'amo de les cabres. Hi havia un gegant que decidí emprendre el camí que mena a la lluna. Camina, caminaràs, travessà muntanyes, i valls, i deserts, i rius que es perdien allà deçà el mar. Era com si la blancor de la lluna l'hagués embruixat. I s'hi sentia atret amb tanta força que no era capaç de girar la vista cap enrere i desistir de la inquietud que l'obsedia. És probable que arribàs a la lluna, perquè són infinits els camins que hi menen. No en va tornar mai.

La taleca era allí, penjada en una estaca clavada a la paret. Amb el temps la pell s'havia endurit i li havia caigut el pèl. Un dia vaig observar que al seu interior hi havia una cosa que es movia. Vaig pensar que era un niu de rates.

Prop de la foganya, hi havia una taula: una post clavada a unes barres de fusta. Entorn de la taula, dos trossos de tronc que servien per seure. A la sortida de la cova, cap a un costat, hi havia un forn de pedres i fang. Potser havia servit per coure pa. No vaig saber-ho mai, fins després de molt de temps. El vaig fer servir, aquell forn, per tancar-hi un niu de mussols. Un dia el vaig treure de la soca d'un arbre i me'l vaig endur. El vaig ficar en aquell enfony. Els vells els portaren menjar, però es trobaren la feina feta: els vaig donar dos ratolins que havia tret de la taleca del gegant i, sobretot, petits escarabats que cercava sota les pedres, i llagosts, i grills, i papanúvies, i vespes. També els agradava l'olivó que arrancava dels ullastres. No els va mancar res, mentre els vaig tenir allà dintre, però aviat aprengueren de volar i partiren.

No vaig saber cap a on partiren. Tot d'una que pogueren, alçaren el vol.

A vegades, també el feia servir, aquell forn, per donar una mica de calentor a un animal jove, si tenia fred. Hi feia foc: hi posava quatre branques de llenya i hi portava una mica de caliu dels meus fogons. En haver pres el foc, quan la llenya estava consumida, agranava la cendra i tornava a posar-hi algunes rames a fi que l'animal no es cremàs amb les pedres del terra.

En una ocasió hi vaig dur un cabrit acabat de néixer. Li tremolaven les barres i tenia el cos gelat, la pell freda. Pensava que es moria. Molt a poc a poc, obrí els ulls.

Amb el temps la roba que duia es va esquinçar. Un jac que portava tornà vell aviat. Ningú no em va dur mai una sola peça de roba amb què vestir-me. Ni un jersei, ni uns calçons, ni unes sabates. Em vaig fer una samarra d'una pell de cérvol: una jupa sense mànegues que em servia de vestit. Li vaig fer alguns forats i la vaig cosir amb trinxes de pell. Em fermava una corretja que teixia d'herbes. En Damià m'havia ensenyat de fer un nus que fermava fort i estrenyia: passaves els dos caps per dins una baga i llavors estiraves amb força. Quedava ben estret i era mal de desfer.

Jo mateix els matava, els cérvols. Baixaven per una espitrelladura de la muntanya, des del punt més alt. Venien al riu a beure aigua. M'amagava, el ganivet a punt, a l'aguait. Al que em passava més a prop li tallava el coll, així, un cop al ganyot. Saltava i es llançava al riu. Allà dintre l'acabava de matar. Només feia dos brams, abans de morir. Només dos. M'agradava sentir entre les mans la calentor de la sang que rajava del coll. De sobte el riu tornava vermell. La sang es diluïa en l'aigua corrent i feia remolins. Els altres cérvols, els que baixaven amb ell i feien part del ramat, fugien espantats. Era com si haguessin perdut el cap: un prenia per un vent, l'altre prenia per un altre. Corrien per la terra encrespada, pels rossegalls de pedres i s'enfilaven a les roques.

5

Vaig arribar a dur els cabells molt llargs, fins a la cintura. Passava el temps. No tenia la més mínima idea de com passava, tan de pressa. Dies i nits, temps de fred i altres temps de calor. La lluna creixia, i minvava, i tornava a créixer. Era el rei de la vall. Els cabells em creixien així com creixen les branques dels arbres, els fills de les cabres, la mirada dels llops. Creix, la mirada dels llops, i s'estira fins a la lluna. La carn que em sobrava la ficava en un sac —en un d'aquells sacs que em portaven plens de crostons— i la portava als llops, perquè tinguessin menjar per als llobatons. Els vells no permetien que m'hi acostàs; però, en veure que els duia menjar, arribaren a confiar en mi. Vaig arribar a desprendre la mateixa olor dels llops. És una olor forta, salvatge. I sé del cert que els meus cabells arribaren a exhalar la mateixa fetor dels llops. I la meva pell.

Un dia vaig agafar una d'aquelles cries, un llobató que potser només tenia un mes. M'agradava perquè tenia ganes de jugar. Tenia les orelles llargues i em mirava amb les orelles, n'estic segur, tant com amb la vista. És divertit i alhora estrany percebre que et miren amb les orelles.

Ens rebolcàvem sobre l'herba fresca i saltàvem embogits. N'hi havia uns altres dos, però aquell em tenia perdut. No era la primera vegada que jugàvem plegats. Aquell dia, emperò, li vaig fer una mica de mal en un peu. No era res important. Potser el vaig estrènyer en excés, com si hagués exercit una pressió violenta i l'hagués engrunat. Vingué la lloba i em va pegar una manotada. Em va agradar que el petit llobató tingués qui el defensàs.

Malgrat l'episodi d'aquell dia, sabia que podia confiar en els llops. Eren els meus amics. Eren uns bons amics. Els llops, la guineu, la serp, les rates amagades dins la taleca... eren els meus únics amics. Si un dia em trobava en perill i volia que vinguessin, perquè no sabia com sortir-me'n, els llops acudien a mi i em prestaven auxili. Només havia de cridar-los. Em posava a ahucar amb tota la força:

—Ahuuuuu...! Ahuuuuu...!

I acudien a treure'm de perill. En venien alguns, mai no era un tot sol. Era un bosc espès, tot de branques atapeïdes i arbres corpulents. Alguna vegada, potser havia trescat massa, m'havia allunyat del meu racó i em sentia perdut. Només que em posàs a cridar venien tot d'una. Si em veien plorar, es llançaven cap a mi, i saltaven, i m'agafaven pel braç amb la boca fins que aconseguien que em posàs a riure. Llavors em guiaven fins a la llobera, la seva cova, i des d'aquell lloc ja sabia anar-me'n.

—Ahuuuuu...!

Quan arribava a la seva cova, els llobatons m'esperaven i començaven a fer festes, i a jugar amb mi, i a saltar com a bojos. No sé si sabien que m'hauria agradat esser un llop com ells. No vaig néixer llop. A vegades, emperò, he pensat que ningú no neix llop. Potser, s'esdevé un llop.

És estrany que mai no atacassin les cabres. Perquè són malvats amb les cabres, els llops. Poden envestir un ramat i fer una carnisseria. Em veien amb elles i potser per això no s'atrevien a agredir-les, perquè sabien que podia enfadar-me. Però és cert que tenien molta caça petita: conills i perdius. A vegades s'afuaven als cérvols i els destrossaven. En una ocasió vaig presenciar aquest episodi: una cérvola paria un cervató a recés d'uns arbres les branques dels quals penjaven fins a terra. Paria amb esforç i alenava espès, gairebé feixuc. No és fàcil treure's el fill del ventre. S'hi esforçava i la petita bèstia sortia amb lentitud: primer fou el cap, llavors el coll, llavors el cos i les cames de davant, llavors el ventre... El part és dolorós. Aquella cérvola paria el seu fill i, encara no havia sortit per complet, el llepava amb suavitat. No gaire lluny, recerats en l'espessor del bosc, una parella de llops afamegats esperava que acabàs de parir. També tenien l'alè feixuc i els queia la bava. Havien decidit esperar.

Gairebé mai atacaren les meves cabres. I és estrany que no ho fessin. Si una es moria, l'estirava pels peus i la portava fora del corral, en un lloc apartat. Llavors m'enfilava en una roca, em girava cap a la llobera i començava a ahucar. Fort, molt fort. Ells coneixien perquè els cridava. Aviat acudien a menjar-se-la.

—Ahuuuuu...!

De primer, li pegaven una mossegada al coll, llavors li treien el ventrell: els budells, l'estómac i totes les vísceres contingudes al buc de la panxa. La devoraven a dentegades. La fam els sortia pels claus i els queixals. Un dia, un d'aquells llops volia empassar-se un cabrit. Vaig agafar un garrot d'esbarzer ple d'espines i li vaig pegar dues garrotades: zas! zas!, perquè mai més no s'atrevís a tocar un dels meus animals. Li vaig pegar. Li escapà un ahuc i se'n va anar. El vaig veure enfadat, rabiós. L'endemà, emperò, va tornar. Vingué a poc a poc i se'm va acostar sense dir res. El vaig acaronar. Li fregava el cap, i el clatell... Ho vaig fer perquè no em tingués ràbia. Llavors vaig anar a un d'aquells paranys que preparava per caçar les perdius. N'hi havia una. La vaig agafar i l'hi vaig donar. Es va ajeure. Va menjar-se-la content. Tornàvem a esser amics.

Llavors m'ocupava de tots els animals. Eren la meva gent. Amb ells vaig aprendre de conviure. No era tan difícil com fer-ho amb els homes. Un dia em vaig enfilar en un roure perquè hi havia un niu d'àguiles. Vaig agafar un conill, me'l vaig fermar a la cintura i, quan ja arribava al forc de la branca on hi havia el niu, perquè es creien que anava a prendre'ls els seus fills, m'agafaren els cabells i me'ls estiraven amb les ungles. Em vaig aferrar a una rama. Vaig tractar d'espantar-les. Em deixaren fer, però no cessaren de mirar allò que feia, de seguir-me amb la vista. Vaig prendre el conill i vaig començar a donar-lo als ocellons d'àguila. Així, el feia a trossos i els ho donava. Se'ls menjaven, insaciables. Els pares començaren a treure's aire per la boca, no sé si bufaven, però era com si cercassin envestir-me, enrabiats:

—Psss...! Psss...!

No els tenia por. En veure que donava menjar als seus fills, no es malfiaren més de mi. Llavors, quan caçaven una perdiu o un conill, me'ls duien perquè els trossejàs. Elles ho feien amb el bec i les ungles, però jo ho feia molt més de pressa. Posava els trossos en un plat de suro i d'allà el prenien per a les seves cries. Havíem acabat per entendre'ns.

De tot d'una passava les pedres d'una llauna a l'altra i aquesta era la meva manera de comptar el ramat, així com ho havia vist fer a en Damià; però amb el temps vaig arribar a conèixer totes les cabres i no necessitava controlar-les una per una a fi de saber que hi eren totes. Llavors podia tancar el corral i romandre tranquil. Un dia vaig adonar-me que em faltava un cabrit. Vaig comprovar-ho unes quantes vegades, fins que me'n vaig convèncer. Em faltava un cabrit i no sabia on havia d'acudir a cercar-lo.

S'havia adormit a l'ombra d'una alzina, entre unes pedres. Era al mig de l'estiu i s'hi estava bé. El cridava com un boig, i vinga a pegar crits. No sabia per on podia prendre, cap a quin camí havia de partir. Debades tractava de trobar una solució. Es presentà una àguila davant meu i començà a saltar com una boja i a alçar el vol. La vaig seguir. Havia entès que em volia dir alguna cosa, que em volia ajudar. I ella sabia on era l'animal que havia perdut. S'avançà i saltà sobre el cabrit. Aquest es despertà. Féu:

—Beeee...! Beeee...!

Les àguiles no els atacaven, els meus cabrits. Havia començat a caure la fosca. La nit s'alçava de la vall, remuntava els boscos i s'enfilava a les crestes de les muntanyes. Les ombres eren denses. Vaig prendre el cabrit entre els braços i vaig acariciar l'àguila que m'havia ajudat. La vaig besar. Llavors ella saltava d'alegria, perquè estava contenta que la besàs... Mentre jo, amb el cabrit a l'esquena, partia de bell nou cap al corral.

Un altre dia —havia fet una mica de foc per brasejar un conill—, se'n vingué una d'aquelles àguiles, probablement la que em coneixia, i em va dur un conill. Em vaig pensar que me'l portava a mi; però quan va veure que el trossejava i el posava al foc, se'm va quedar mirant, i començà a fer:

—Gro...! Gro....!

No sabia què em volia dir. Alçà el vol, se'n va anar, però poc temps després em va dur una perdiu. L'hi vaig fer tres trossos i els agafà, un amb el bec, els altres, un amb cada garra. Partí a volar, amunt, més enllà de les últimes branques dels arbres, on el sol és més clar i l'aire més fresc.

Un dia en què estava assegut rere una mata i prenia el sol, em vaig posar a cridar, perquè havia descobert que la veu tornava des del fons de la vall, com si algú em respongués des de l'altra banda de les penyes. Potser s'hi amaga una guarda de gent, vaig pensar, allà deçà la vall. Era una veu idèntica a la meva, però modelada per la mica de vent —un ventijol prim—, que arribava sempre a posta de sol. M'hi divertia, amb aquelles veus. Potser, perquè mai no sentia una altra veu humana. Però, tanmateix, els crits que jo feia tractaven d'assemblar-se a les veus de les bèsties.

—Aaaah...! Aaaah...!

I els sons retornaven com si vinguessin de molt lluny.

6

Tots els barrancs repetien les meves veus.
—Aaaah...! Aaaah...!
Va comparèixer un cérvol, engelosit de sentir-me. M'havia confós amb un altre mascle i no consentia que n'hi hagués cap més al seu territori. Bramava furiós i cercava el seu rival, desesperat. Cridava:
—Aaaah...! Aaaah...!
Vaig riure'm d'ell i vaig fer:
—Bruuuu...!
I les muntanyes, i els torrents, i els fondals tornaren a redoblar aquell bram.
El cérvol se'n va anar, empegueït de veure que havia fet el ridícul.
Un dia, estava assegut en una pedra, es presentà la colobra —venia de pressa, enfogada—, i passà pel meu costat. No es va aturar. Em vaig aixecar dret i vaig veure que la seguia un llangardaix que volia avisar-me que arribava la serp. Els llangardaixos són molt amics dels homes; però aquell no sabia que la colobra també era la meva amiga, la meva companya. Ambdós venien cap a mi, però s'embolicaren en una brega duríssima.

La serp tractava d'estrènyer-lo pel ventre i rebentar-lo; però quan el llangardaix es podia escapar, partia a córrer i es rebolcava en una mata verinosa —en Damià m'havia dit que estava enverinada, aquella planta, però la colobra també m'havia avisat: se'm posava al davant i s'aixecava dreta, com si volgués dir-me que no la tocàs—, i tornava a aferrar-se a la serp. Ho feia una vegada i una altra: impregnava el seu cos del verí de la planta i es llançava a la brega. Al final, el llangardaix moria ofegat o, potser, sota els efectes del verí, qui sap?, però sabia que a la serp no li seria fàcil sobreviure: potser, el rastre de la metzina amb què havia pres contacte a través del llangardaix acabaria per treure-li la vida.

Però una nit, amb tantes herbes que havia menjat, alguna cosa em va caure malament i vaig sentir un dolor molt fort a la banda del ventre, que em pensava que em vindrien els vòmits, perquè era com si tingués el cos tancat. Un líquid amarg, com una salivera, em pujava fins a la gargamella i em revenia una suor freda. No em podia adormir. La nit esdevenia excessiva i llarga, amb tant de dolor. Es presentà la colobra, em va pegar una fuetada perquè m'aixecàs del jaç, em va indicar que encengués una torxa —sempre en tenia alguna de preparada, les feia de branquillons d'estepa fermats amb una tija com si fos un cordill—, que sortís fora de la cova i que la seguís. Em va portar a un prat i m'assenyalà una herba petita, aferrada al terra, vermellosa. Em va indicar que collís aquella herba. Ho vaig fer i la'm vaig endur a la cova. Quan hi arribàrem, se'm rebentava el ventre de dolor, em va prendre l'herba amb la boca i la va posar, com si l'hi tiràs, en una olla de terra, no gaire gran, que tenia sobre un prestatge. Vaig entendre que l'havia de bullir, aquella herba, i hi vaig abocar una mica d'aigua. Em va assenyalar que me l'havia de beure. Ho vaig fer i, poc temps després d'haver-me empassat aquell brou, em vaig treure una bava verdosa per la boca, ni que fos pesta. El dolor que tenia al ventre es va alleugerir i, quan es va alçar l'alba, vaig sentir que el mal se m'havia fet més suportable.

Sovint m'aixecava de bon matí, en clarejar el dia. Però en aquella ocasió estava poc alegre i no tenia ganes d'abandonar el jaç. M'hi hauria estat hores seguides, fins que les cabres haguessin vingut a arrabassar-me de la palla. Potser tenia setze o disset anys, no ho sé. En aquell racó de món vaig créixer amb lentitud sota els ritmes que marquen les estacions, alhora que em creixien els cabells i les ungles i els peus s'allunyaven dels genolls, al compàs del fred i la calor, de les revingudes del riu després de les pluges, a l'empar de la lluna i del sol. Vaig aprendre a mirar la vida, els ulls oberts com dos estels, a través d'aquell espai que compartia amb els llops, amb la guineu, la colobra i els cérvols. Potser, la meva mirada fou, a vegades, enèrgica com la mirada dels llops, misteriosa com els ulls de la serp, llarga i profunda com la de les àguiles, esquiva com la dels cérvols que baixaven a beure al barranc, allà on neix el riu.

Aquell dia em vaig aixecar de mala gana. Vaig obrir la barrera del corral de les cabres i vaig córrer a cercar unes quantes arrels d'una planta que creix vora el llit de les aigües que corren. Tenen la forma de patata, arrodonides i gruixudes. Es crien davall terra i m'hi alimentava, d'aquelles arrels. Me les menjava, mentre vaig veure que s'acostava una porcastra de senglar amb una colla de porcellons, deu o dotze, no ho sé. Em vaig empescar que n'agafaria un i jugaríem plegats, així com feia amb els llobatons. M'hi vaig llançar a sobre, començà a grunyir —eren uns grunys prims, però intensos—, i se'n vingué de pressa el mascle, un porc senglar enorme de gros i salvatge. Tenia els claus punxeguts i extremats. Em vaig posar a córrer i em perseguí. Se'n venia escapat com un llamp, disposat a atacar-me. Em vaig enfilar a un alzinot surer i el senglar vinga a pegar amb el cap a la soca unes carabassotades violentes, alhora que arrabassava trossos de suro. Arribà a cansar-se'n. Partiren tots, fins que es van perdre en l'espessor del bosc. El senglar és l'únic animal que no té amics. No pots acostar-t'hi, perquè no va de bromes. No té amics, el senglar. Potser és perquè mai no alça el cap i només mira en terra. El senglar no mira mai el cel, ni els estels. I no té amics.

Vaig aprendre de menjar aquelles patates perquè vaig veure que els porcs en menjaven.

En Damià m'havia aconsellat:

—Si només fas allò que fan els porcs, no t'equivocaràs mai.

A vegades, si veia que desenterraven una d'aquelles patates, els llançava una pedra, els espantava i els prenia la menja. Després, a l'horabaixa, vaig partir a córrer cap al riu. Hi anava a beure aigua i semblava un ocell que salta d'una branca a l'altra, confiat. De sobte va comparèixer la colobra. Es plantà davant meu, com si em digués que no seguís cap endavant, que em detingués. S'aixecà dreta, disposada a impedir el meu pas. Anava molt de pressa i em costava parar-me. Em vaig arrapar a una arbocera i em vaig aturar, llavors m'indicà que miràs al meu costat. Hi vaig mirar, però no veia res. Hi havia molt de brancatge, i herbes, i fulles. Va haver-hi, allà a prop, un pou molt profund, just a ras de terra. De primer, hi vaig guaitar. No es veia el fons, ni l'aigua, només la profunditat negra. Vaig agafar un parell de pedres com els dos punys. Les vaig tirar al pou. No vaig sentir el renou de les pedres en arribar a l'aigua. Potser la serp em va salvar de caure-hi.

Era profund i fosc. Durant molt de temps no la'm vaig treure del cap, aquella fondària negra del pou. I m'hauria agradat caminar per les seves galeries sense saber cap a on menaven.

Aquell mateix dia vaig posar dos o tres troncs sobre la boca del pou, unes branques i algunes pedres. Vaig fer-ho a fi que cap animal no hi caigués: ni les cabres, ni les bèsties salvatges amb les quals vaig conviure. Qualsevol animal era per a mi com un germà, un amic de l'ànima. Gràcies a ells vaig esser capaç de viure enmig d'aquell barranc. Si no hi haguessin estat, m'hauria mort de solitud. Quan no eren a prop, em posava a cridar com un boig. Només volia assegurar-me que hi eren. Cridava amb tota la força dels pulmons: ahucava com els llops, grinyolava com la guineu, feia els bramuls dels cérvols. I ells, encara que fossin lluny, em responien.

—Ahuuuuu...! Ahuuuuu...!

—Aaaah...! Aaaah...!
—Bruuu...!
—Grooo...! Grooo...!
Sabia que eren a prop meu. I això m'alegrava.

7

Vaig construir una canal que conduís un reguero d'aigua des del nient del riu fins al portal de la cova. Em vaig servir d'un picassó que vaig fer amb una pedra fermada a un mànec de fusta: un tros de tronc sec. Agafava un pal, al qual havia tret una mica de punta, i picava sobre aquell pal amb el picassó. Era com si fos un martell. Quan la terra era dura havia de posar-hi molta força. Però quasi sempre la terra era blana. Vaig fer que l'aigua passàs sobre l'arrel d'una alzina i anàs a caure en un clot. M'hi vaig banyar moltes vegades, quan el sol de l'estiu se'm feia feixuc. L'aigua era fresca i agradable al cos. Ho havia pensat durant molt de temps. Com hauria de fer-ho perquè l'aigua arribàs fins aquí? Perquè així mateix hi havia una certa distància des de la cova en què habitava fins a l'aiguaneix. M'agradava veure-la sortir de les roques, aquella aigua. Era una aigua viva, com les pedres. I em preguntava: d'on ve, aquesta aigua? Fins a aquell indret havia d'anar, quan volia beure. També, les cabres. Però hi havia molts d'animals que davallaven de la muntanya i travessaven els boscos, costa avall, només per beure aigua del riu. En aquell punt vaig matar-hi més d'un cérvol. Hi havia acudit perquè tenia set. Vaig jugar molt de temps amb l'aigua, perquè res no hi havia que m'agradàs tant com aquell joc. L'aigua corria transparent i fresca i a mi m'agradava agafar-ne grapades amb les mans com si pogués retenir-la entre els dits, dins el puny. Tot d'una que sortia, l'aigua formava un bassal. Vaig comprendre que podia menar una part d'aquella aigua fins a la cova. Pensava: Si pogués subjectar-la, aquesta aigua, i obrir un reguero que la portàs a la meva casa... Abans de començar a picar, vaig marcar el camí que seguiria la sèquia. Vaig tallar unes estaques molt petites de llenya i vaig ficar-les al llarg de la ruta. Quan vaig tenir el traçat, em vaig posar a la feina.

Hi vaig dedicar molt de temps: dies i llunes. Però vaig aconseguir canalitzar-la fins al meu recés. Fou una obra d'envergadura. Ara tenia aigua al costat de la cova i podia banyar-m'hi i els animals podien beure-hi.

Un dia en què m'havia enfilat en un arbocer, mentre menjava arboces, vaig veure que s'alçava una veixiga d'aigua, perquè havia plogut amb intensitat i la terra era humida. A vegades plovia amb tanta força que pareixia que la vall havia d'inundar-se: les cabres s'arreplegaven sota una enramada del corral i es posaven a cobert, arrecerades del vent i la pluja, com si fessin un bloc compacte, silencioses, mentre l'aigua queia a portadores. A mi m'agradava veure que rebentava aquell vel espès de boires que cobria la terra. M'agradaven els llamps que travessen els núvols, i els trons, i l'aigua que baixa. M'hauria agradat banyar-me el cos amb aquella aigua que queia del cel. Sortir de la cova absolutament nu, sense el tros de pell que em protegia el cos, ni les espardenyes de sola de suro. Un dia vaig fer-ho. Plovia a bots i barrals i era com si hi hagués una cortina d'aigua. Vaig saltar com un boig sota la pluja, i vaig cridar fins a treure'm tots els crits que portava retinguts a la gorja. Els crits que m'ofegaven. Com els llops, els meus amics.

—Ahuuuuu...! Ahuuuuu...!

L'aigua em mullava la pell, i els cabells... Vaig entrar a la cova i vaig posar unes branques al foc. Em vaig eixugar. Amb el vent que portava la pluja, el fum regolfava dins la cova. També la pell arribà a fer-me olor de fum.

Quan havia plogut amb força, s'alçaven de la terra aquelles veixigues d'aigua i es desprenia el terreny que les envoltava: la terra, les pedres, els arbres. Aquell dia en què havia pujat en un arbocer, se'n va alçar una i féu tombar una roca. Rodolà fins al tronc de l'arbocer en què havia pujat. Vaig saltar tot d'una, perquè vaig pensar que l'arrabassaria d'arrel i me'n vaig endur un trastorn. Si aquell dia hagués collit les arboces des de baix, potser la terra m'hauria engolit. Perquè, si t'apleguen, aquelles veixigues t'arrosseguen amb la seva força fins que desapareixes. És com si la terra t'engolís. En la vall tot eren terrenys que fan baixada, i l'aigua brolla quan la terra rebenta. Vaig llenegar i vaig caure al fang. I vaig quedar ple de fang: el cos, els braços, els cabells, les cames...

Me'n vaig anar cap al riu, perquè volia rentar-me; però just en arribar-hi va tornar a ploure. Mentre em banyava vaig passar a l'altra banda, perquè en aquell punt era on es formava el riu amb l'aigua que es recollia dels vessants de la serra. Mentre era a l'altre costat es va posar a ploure amb molta de força i el nas del riu va inflar-se com no ho havia fet mai. L'aigua va créixer i no em permetia passar a l'altre costat. Sabia que l'escorça de suro no s'enfonsa i flota sobre el riu. Vaig acudir a un surer d'allà a prop i en vaig treure dues escorces —sempre portava l'aixa— molt grosses, les vaig ajuntar amb tanys d'estepa, m'hi vaig posar de panxa, movia les mans com si fossin dos rems, i el corrent va portar-me aigua avall, fins que vaig aturar-me a la meva riba.

Em rentava moltes vegades. En un terreny proper, vora el riu, hi havia un fanguissar de fang blanc. M'agradava jugar-hi. De primer, em ficava dins el fang fins que em cobria el cos. Era com una pasta que em permetia modelar homes de fang. Els posava en un corral: en una banda els homes, a l'altra les dones. Els donava glans. Aquelles figures, les més grans, eren els pares i les mares. Les més petites eren els fills. Era com si tornàs a crear el món: els homes, les dones, els fills... I la vida que esclata entre les alzines. Però, quan em cansava de jugar, els pegava una coça a tots.

Una vegada, en pegar la coça, em vaig fer mal a la punta d'un dit. Em vaig encetar la part rodonenca del dit oposada a l'ungla i la vaig dur que em penjava, i em feia mal, i sang. M'hi vaig posar unes fulles verdes i les vaig fermar amb una herba, només que s'aguantassin, a fi d'estroncar la sang de la ferida. A vegades, també vaig guarir les nafres de les cabres, i les dels cabrits. Les rentava amb aigua clara, les ferides, les cobria amb fulles tendres i les fermava. No n'hi hagué mai que estassin malaltes ni se'n moriren gaires. En una ocasió vaig tenir una cabra que tingué dificultats de parir i vaig tractar d'assistir-la. Li vaig ficar la mà pel conducte a través del qual l'animaló vindria a la vida, molt a poc a poc. El vaig agafar per les cames i el vaig treure. No era fàcil. Estava ple de sang i no gosava obrir els ulls. Tot d'una alçà el bel, com un crit.

Al cor de l'hivern feia neu, a la serra. En feia moltes vegades, però gairebé sempre acabava fonent-se abans d'arribar a terra. Se'n posava a les roques més altes, a les branques dels arbres, al voladís de rames on s'arreceraven les cabres en dies de mal temps, als racons més ombrívols de la muntanya. Encara que anava mig despullat, mai no vaig tenir fred. Jo sé que se n'aprèn, de tenir fred. La vida és l'escola on s'aprèn a tenir fred. Però allà, enmig de la vall, vaig aprendre de no tenir-ne.

Venia aquell home. L'acompanyava un altre. No deien ni una sola paraula. Anaven per feina. S'enduien els cabrits. Portaven un sac de rosegons de pa i me'l deixaven allà tirat, com si fos per als porcs. Tanmateix, quan havien partit, els llançava a les cabres.

Tornava a preguntar-los:

—Heu sabut alguna cosa d'en Damià? Se'n va anar de nit i va desaparèixer. Ha passat molt de temps i no n'he tingut cap notícia. L'heu vist, vosaltres?

No volien parlar-ne. Entenia quasi tot el que em deien, però no sabia respondre, perquè em costava confegir els mots, trobar els més avinents al que volia dir. M'era difícil girar la llengua i expressar-me amb les paraules que deien els homes. Em resultava més fàcil entendre'm amb les bèsties.

Vaig arribar a conèixer la diversitat de matisos amb què ahucaven els llops: quan cercaven arreplegar les seves cries, quan s'adonaven que amenaçava un perill, quan havien d'aparellar-se. Una vegada em vaig pensar conèixer en els rugits d'una lloba que cantava una cançó de bres als seus llobatons. Potser, també els llops saben cantar als seus fills perquè es condormin:

—Ahuuuuu! Ahuuuuu...!

La cançó era llarga i monòtona. La cantava amb la llengua dels llops. Parlava dels perills que assetgen, de les pors. De la por i els calfreds que provoca. De les pors que estimam, de les que ens fan créixer, de les pors que ens protegeixen i de les que ens fan riure. Parlava d'aquelles pors que ens fan companyia. Però també de la manera que tenen els llops d'entendre la vida.

A vegades aquell home venia a veure'm en secret, sense que jo pogués saber que era allà a prop. M'observava d'amagat, perquè volia assabentar-se si tot anava bé: si em preocupava que les cabres sortissin a pasturar cada matí, si les recollia a posta de sol, si alimentaven les seves cries. Procurava que no m'adonàs de la seva presència, que no el veiés, no fos cosa em pegàs la dèria de fugir. Però on havia d'anar-me'n, tanmateix?

Vaig aprendre de fer el cant de les perdius. Era un cant amorós. Em posava a l'aguait amb un garrot a la mà. Prenia un tel de ceba —d'unes cebes salvatges que es feien allà a prop—, me'l col·locava a la boca i em posava a cantar, la veu suau:

—Cotxo-co... cutxi-co... co...

I el mascle se'n venia tot embalat, convençut que el cridava una femella.

—Cotxo-co... cutxi-co... co...

Quan el tenia al meu costat, li pegava amb el garrot. Però no l'endevinava sempre. Unes vegades, sí. D'altres vegades, no. Es pensaven que els cridava l'amor i corrien escapats. Més enllà del cant els esperava la mort.

Un altre dia vaig agafar la rama d'una mata i vaig tallar un tros de tronc. El vaig buidar fins a fer-ne una canya. Cobria un forat alhora que hi bufava. Era com si tingués una flauta entre les mans. I vinga a fer música. El camp era florit. No vaig cansar-me de tocar-la, durant tot el dia. I corria d'un extrem a l'altre, perquè estava content amb la música petita que em sortia dels dits.

A vegades em vaig fer mal, amb els jocs. I un dia, per no trepitjar un cabrit, vaig llenegar i vaig tòrcer un peu. M'hi vaig posar aigua d'estepa i romaní, ben calenta. L'havia posat al foc. Ho havia vist fer al meu pare. Vaig saber que aquelles herbes em podien guarir i les vaig esclafar amb dues pedres. Llavors, en haver-les bullides, em vaig posar la bullidura sobre la part malalta. Eren herbes que els animals no volien menjar, però el romaní feia bona olor. I em serviren de remei. Ben igual que aquella altra que, un altre dia, m'havia aconsellat la serp.

També vaig construir un fogó en un clot que vaig excavar en terra. Hi tirava aigua i em fugia, per això vaig decidir donar-li una capa de fang a fi d'allisar la superfície i eixalbar-la. Mentre jugava al riu havia descobert que aquell fang no permetia que l'aigua fugís. Per això vaig pensar que podia servir-me'n per revestir el fogó. El vaig fer amb la idea de coure els ous que prenia dels nierons de les perdius. Només en sostreia un de cada niu, perquè no volia fer-los dany. No volia que els pares trobassin el niu buit. Posava foc dins aquell fogó, hi col·locava els ous i cobria el forat amb un tros de pedra. D'aquesta manera acabaven per coure's. Em recordava del temps en què havia viscut amb el meu pare. N'havíem menjat, d'ous robats als nius. I els havíem posat a coure. Un dia els vaig ficar al foc que tenia a la cova i els vaig cremar. Vaig pensar: ho he de fer d'una altra manera, a fi que no es cremin. I vaig trobar la solució.

Quan el cel descarregava aquelles tempestes tan fortes m'amagava a la cova. Un dia, emperò, n'era lluny, i vaig córrer a protegir-me sota una penya que feia una endinsada que podia donar-me recer. Mentre corria cap a aquell redós, vaig trobar un ocell. Estava mullat i pareixia que no podia alçar el vol perquè tenia les ales feixugues Vaig entendre que em demanava auxili. El vaig agafar, malgrat la pluja, i el vaig eixugar amb els meus cabells, el vaig ficar sota la samarra i el vaig encalentir, mentre l'aigua em queia a sobre com si fos un diluvi. De sobte pegà un llamp a la roca i es va desprendre del coster. Vaig quedar sense sentir-hi durant una estona, ni que hagués tornat sort. Em sentia perdut a l'interior d'un silenci rotund. Però si no hagués estat perquè em vaig aturar a recollir l'ocell, la roca m'hauria esclafat.

Allà on pegava el llamp hi deixava una pedra negra. Mai no havia vist una pedra com aquella. Vaig pensar: És la pedra del llamp..., la pedra del llamp. D'ençà d'aquell dia, quan la tempesta s'abocava sobre la vall, vaig tenir por de refugiar-me dins la cova, per si de cas un altre llamp rebentava la roca i m'hi agafava. Seria com caure en una trampa. En una petita esplanada, no gaire lluny del corral de les cabres, em vaig fer una barraca: cinc o sis pals ben tallats i coberts de rama. Llavors vaig cobrir l'enramada de terra perquè no s'hi calàs l'aigua. I vaig fer una sèquia que voltava la cabana perquè l'aigua pogués córrer quan reprenia la pluja.

Sota aquella enramada no hi tenia res. Un jaç per dormir-hi, els dies de mal temps, i poca cosa més. Un dia vaig deixar-hi una mica de foc i es va encendre tot. De lluny vaig veure el fum que en sortia. Vaig pensar: Què passa? I vaig partir a córrer cap a la foguera. No. Partírem a córrer: la colobra, la guineu i jo. Quan arribàrem vàrem veure que la barraca era presa de flames. Vaig provar d'apagar-lo, el foc, amb una rama verda que vaig trencar d'un arbre. Pegava amb la branca, però no aconseguia reduir-ne la força. Vaig deixar que s'extingís. Vaig fer un solc que voltàs la barraca i vaig tallar el foc. Havia provat d'apagar-lo amb els peus, però no podia fer-ho. Me'ls cremava, els peus, encara que hi duia un call de quatre dits. No sempre portava posades les sabates amb la sola de suro. Si anava descalç, podia tallar un tronc amb un cop de peu o gratar la terra sense fer-me mal.

Llavors, després que s'hagué cremat el barracull, en vaig fer un altre. Vaig pensar-hi molt, perquè volia que no hi hagués perill de foc. Com podria fer-ho, deia, perquè el foc no pugui arribar al sostre de rames i fang. Vaig fer un clot enmig de la barraca. Vaig posar una pedra plana a cada costat i una al fons, perquè servís de base. Abans havia fet una galeria que anàs per davall terra i que arribàs al clot al fons del qual havia col·locat la pedra. Sobre aquella llosa havia de posar-hi el foc. Llavors vaig col·locar-hi dos pedrolins que desviassin el fum cap al túnel i vaig cobrir el forat. Així, el foc era a prop meu, però no hi havia perill que arribàs a les rames que cobrien la cabana. A la galeria per on sortia el fum sempre hi havia cendra. Vaig agafar un tany de mata llentisclera i vaig fer un ganxo que em servia per netejar-la i estirar els residus de carbó.

Potser la primera cabana s'havia incendiat perquè vaig posar al foc una rabassa de bruc i rebentà en espires. És una llenya que en fa moltes i em divertia veure-les alçar-se dels fogons. És com si el tronc rebentàs en minúscules estrelles.

A poc a poc, vaig perdre el record del meu pare. Mai no havia tingut ningú que m'estimàs. Mai. Ningú. Els llobatons tenen els llops que els estimen. Els aguilons tenen les àguiles. Els cérvols, les guineus, els mussols, les serps. Els animals estimen les seves cries. En morir-se la mare, tant als meus dos germans com a mi, ens volia acollir una institució benèfica. El meu pare no ho consentí. El major se'n va anar amb uns oncles, el petit, amb uns altres. Només jo vaig quedar amb ell a plorar la dissort. La madrastra portà un altre fill. Però jo no l'estimava, el pare. Per què havia de fer-ho? A vegades vaig envejar els fills del senglar. El pare, el porc vell, hauria mort quisvulla per defensar els seus fills. I mossegava el tronc de l'alzina enrabiat. També els llops. Si algú hagués fet mal als llobatons, li haurien clavat els queixals al coll. I les àguiles li haurien tret els ulls amb les ungles. I els cérvols. I les cabres. Tots haurien defensat les seves cries. I a pesar d'això, el meu pare em va vendre. Què li varen pagar d'aquell fill? Què va fer amb els diners que li posaren dins les mans? No ho sé. Però encara que em va vendre, si ara veiés el meu pare i sabés que necessita alguna cosa de mi, em mataria per donar-l'hi. El meu pare no em va vendre per fer-me mal. Només perquè era pobre. Perquè era molt pobre, em va vendre.

9

Quan aquells homes venien a cercar els cabrits, no hi veia de pena. Els fermaven amb cordes i els carregaven en un carro. Llavors, quan veien que em posava a plorar, em deien:

—No et preocupis. Quan siguin adults, te'ls tornarem i els tindràs de bell nou. Només volem que deixin de mamar i que aprenguin a menjar sols.

Mai no vaig saber on se'ls enduien. I mai no me'n tornaren cap. Però a mi em dolia de manera profunda, perquè era com a un pare que li prenen els seus fills. Els estimava, aquells cabrits, com els llops estimen els seus llobatons. I els cérvols, i la guineu, i el senglar. I cada vegada que compareixien, em revenia la pregunta:

—Quan serà que me'ls tornareu, els cabrits?

Els ho deia amb les paraules que sabia, que eren poques i pobres. Però en tenia prou per expressar els meus sentiments. Moltes de les paraules que havia sabut m'havien fugit de la memòria i no me'n recordava. Em responien:

—Encara no han acabat de créixer. Te'ls tornarem quan hagin crescut. Però és massa prest.

Tanmateix, no em deixaven tranquil. Tenia un pesar al pit, com si m'ofegàs de tristor. Però mai no vaig pensar què en podien fer, d'aquells animals.

Hi ha nits que els he somniat. I m'he despertat cridant com un boig. On són els fills de les cabres, on són? —preguntava enmig del somni—. Ningú no em responia. Les imatges es projectaven com en una pantalla. I veia uns homes obscurs —potser només era l'ombra— que clavaven un ganivet al coll dels cabrits, els feien colar la sang i els treien la pell. La vall era quasi un paradís. L'aire de muntanya que respires és el més clar i el més transparent. I quan tot era florit, hi havia flors blanques, i grogues, i liles, i vermelles... Era el meu jardí.

Una vegada vaig trobar un eixam d'abelles que s'havia posat en un forat del tronc d'un roure. Tenia intenció de foradar les bresques. En vaig treure un tros i em va agradar el perfum que se'n desprenia. Vaig descobrir que la mel era dolça. Llavors vaig tornar-hi amb un tros de bastó que acabava amb tres puntes. Vaig remoure de bell nou les bresques i en sortiren una mala fi. Em vaig posar a córrer. Però em perseguiren, fins que em picaren. Em posaren morat, amb tantes picades. Vaig passar uns dies terribles, perquè tenia la pell inflada. Em refregava el cos per les soques dels arbres. Em ficava al riu i la frescor de l'aigua em donava conhort. Quan hagué passat aquell dolor, vaig tornar a provar-ho molt a poc a poc. Vaig agafar una vara més llarga i, com d'amagat, m'hi vaig acostar. Havia aplanat un tros de fusta i havia fet una espècie de pala que em permetia pegar un cop a la primera abella que vingués cap a mi. Llavors, tot el que treia del rusc ho posava en terra i elles fugien. Molt a poc a poc, fugien. Però un dia vaig treure una d'aquelles bresques i no tingué mel. Era plena d'abelles. M'havia assegut a prop del foc i vaig observar que les abelles fugien del fum. Per això és que un altre dia vaig encendre una rama seca: el fum les espantava i fugien desconcertades. Vaig poder treure quatre bresques. Les vaig posar en un plat de suro, el més gran que tenia. I vaig menjar mel fins que en vaig tenir ganes. Vaig imaginar que podia treure'n d'una altra manera sense que les abelles m'ho impedissin. Em vaig fer una careta d'escorça de suro i vaig clavar un plegat de bastons als forats de la màscara: als ulls, a la boca..., a fi que no poguessin entrar per cap d'aquelles obertures. Em cobria les cames amb pells fermades amb cordes i sarments. Era com si m'haguessin embenat el cos, ben lligat. D'aquesta manera vaig aconseguir treure més bresques.

Però fa molt de temps. No se'm va acudir mai posar un nom a aquells animals. En sabia alguns. Vull dir que tenia un seguit de noms al cap. Per exemple, sabia que... No me'n record. Hi ha una flor la qual anomenava flor del dia, perquè s'obria durant el dia i tornava a tancar-se durant la nit. M'agradava despertar-me abans que clarejàs i sortir a veure que, en arribar la llum, s'obrien les flors, gairebé totes de cop, a mesura que l'alba creixia.

Sabia quan era de nit; però en aquella vall, perquè era tan fonda, aviat feia fosca. Coneixia que arribava la nit pels animals. S'arreplegaven per ells mateixos. Les cabres acudien al tancat, el mussol —els ulls negres, el cap gros, les cames curtes, el vol poderós i àgil—, començava a cantar...

—Uuuixxx...! Uuuixxx...!

I les òlibes:

—Pssst...! Pssst...!

I els llops, com un gemec que fibla i talla el silenci:

—Ahuuuuu...! Ahuuuuu...!

Hi havia un granot, però no sé si era un granot, més petit que un granot, però no viu dins l'aigua, sinó que s'amaga sota les pedres... Semblava que s'havia enfilat als arbres, però no hi era.

Una nit vaig sortir a veure si en trobava un, d'aquests ocells. Perquè havia cregut que era un ocell. Debades mirava per les branques dels arbres, entre les fulles, però no aconseguia veure'l. I, no obstant això, tornaven a cantar sense aturall:

—Clo-clo...! Clo-clo...!

Vaig ensopegar amb una pedra i em vaig fer mal a un peu, perquè només tenia la vista posada enlaire. Vaig gemegar fort i la guineu, en sentir el gemec, se'n vingué tot d'una al meu costat. La vaig obligar a callar. L'agafava pel carcabòs perquè callàs i s'adonà que volia agafar aquell animaló:

—Clo-clo...! Clo-clo...!

Perquè semblava que feien torns: quan cantava el de sota una pedra, callaven els altres. Llavors reprenien aquells que callaven i als que havien cantat els tocava el torn de callar. Però semblava que eren molts, un o dos davall cada pedra. Només de nit.

Llavors la guineu es cansà que la tingués estreta pel coll i l'obligàs a tenir la boca tancada. Va pegar una estirada, es va desfer de la meva mà i em mossegà una cama; però no em va fer mal. Començà a gratar ran de la pedra. Em mirava. Feia:

—Tau-tauuu...! Tau-tauuu...!

Com si tractàs de dir-me que alçàs la pedra. I, com que jo entenia el que volia dir-me, vaig comprendre que em deia que havia de moure aquell pedrot. Vaig fer-ho. La guineu tornà a gratar fins que va treure un granot.

No era un granot gaire gros. Era un granotet que s'inflava i feia: cra!, i llavors es desinflava i feia: clu! S'inflava, es desinflava...

—Cra-clu...! Cra-clu...! Clic-clic-clic...

Però el so que feia era més fi que no aquest meu amb què vull imitar-lo.

M'havia pensat que era un ocell i vaig tardar molt de temps a saber que era un granot. I el vaig descobrir gràcies a la guineu, aquella nit. No sabia quin nom podia posar-li. Però cantava com si fos el so d'un cascavell. Li vaig dir: Clic-clic... Però no me'n record, d'altres noms. No se me'n va acudir cap altre del qual ara pugui recordar-me. A la guineu, quan la cridava, només que li facés: qüe-qüe..., qüe-qüe..., venia tot d'una. Perquè en una ocasió que no sé què feia amb la boca, em va sortir un xiscle que la féu venir. Llavors, sempre que xisclava se'n venia de pressa. Sempre em vaig entendre amb els animals amb els mateixos sons amb què ells s'entenien. Quan cridava un llop, bastava que ahucàs com els llops. Ells sabien que era jo que els cridava, perquè entenien les meves veus.

Un dia, a recés d'una pedra, entre el boscam, vaig

trobar un niu de rates. N'hi havia una que infantava les seves cries. Mai no hauria pensat que les rates es posassin a parir els seus fills. Si m'ho haguessin preguntat hauria dit: les rates ponen ous. Quan vaig veure aquella rata, vaig tenir certs dubtes. Havia vist parir les cabres i, en alguna ocasió, n'havia ajudat alguna. Pensava que els animals grans parien, que els animals petits, com ara les rates, ponien ous. Aquell dia, quan vaig veure que la rata es treia aquelles coses del ventre, vaig pensar que estava malalta. Vaig pensar: potser allò que fa és pondre ous. De primer, havia pensat que la pedra sota la qual es recerava l'havia esclafat i el que jo veia eren els budells que li sortien. Però em vaig detenir a mirar-la. Ella també em mirava a mi. Vaig veure que s'esforçava per treure's del ventre els seus fills. I feia més força.

I vaig pensar: això són ous. Vaig reparar que eren uns ous estranys, del color de la carn. Vaig agafar un tros de bastó i en vaig girar un. Tenia la forma d'un ratolí petit, minúscul. Llavors vaig pensar que li havia esbordellat el niu i vaig agafar fulles dels arbres, les més fines que hi havia, i vaig collir flors, i vaig tallar una mamella a un surer, la més grossa que hi havia. Semblava un cistell, a punt per a un bres. Hi vaig posar la rata i els seus fills. I, mentre me'ls enduia a la cova, la rata encara paria els seus fills. Però això s'ha de veure. No hi ha paraules que ho puguin contar.

10

M e'ls vaig endur a la cova. Els vaig fer un forat, en un enfony entre la roca i la terra. Allí la rata va criar els seus fills. Els donava llet. I, perquè s'hi trobava bé, aviat aquella rata me'n va dur unes altres. Arribaren a esser una gran família. Però m'hi vaig arribar a enfadar perquè em feien forats per totes bandes i no em deixaven viure tranquil. De nit, quan dormia, em mossegaven les orelles. Ho feien perquè tenien ganes de jugar; però em mossegaven. La guineu tampoc no les volia allà dintre, i les pegava manotades, i les volia matar, perquè també la mossegaven. Un dia se li enganxà un ratolí al morro, arran del nas, i la guineu feia:
—Gua-gua...! Gua...!
I el ratolí:
—Txu-txu...! Txu-txu...!
Li pegà una manotada i el va matar.
A mi em va saber greu, que el matàs, i em vaig enfadar. Però aquelles rates també m'havien fet enfadar a mi. Un dia la serp se'n va menjar un, d'aquells ratolins. S'havia despistat i se'l menjà. La vaig tenir un dia castigada sense donar-li llet. No la deixava entrar a la

cova. Ella sabia que no volia que es matassin entre ells. No em va obeir.

El meu interès era que hi hagués molts d'animals a prop meu. Quants més n'hi havia, més alegre estava. Al costat de la cova, en una mica de recer, els vaig fer una casa, un niu, amb fang i pedres. Els ho vaig fer per quan haguessin de criar. Amb un tros de branca els vaig treure de la cova. Em vaig proposar de no fer-los mal; però no volien partir. S'enfilaven per les parets i corrien d'un extrem a l'altre. Vaig arribar a treure'ls. Però la rata acudia a veure'm tots els matins. Es plantava davant la porta, es posava dreta i començava a moure els morros i les cames. Cridava:

—Txi-txi-txi...! Txi-txi-txi...!

Els primers dies no entenia què volia. Vaig arribar a plorar només de veure'm incapaç d'entendre-la. Però volia venir a viure a la cova amb la família. I era impossible, perquè no em feien més que desastres. Llavors, un matí en què munyia una cabra, la vaig veure que havia vingut al meu costat, les cames enlaire. I, en mirar-la, començà a pegar salts. Vaig pensar: què vol, ara? Vaig posar el plat de llet a prop d'ella. Però no era llet que volia. No la volia per a ella. Li vaig posar el plat perquè en begués fins que en tingués ganes. Llavors venia, es mullava els llavis i partia de pressa. Només havia fet unes poques passes i tornava. Vaig comprendre que volia que li portàs el plat vora la seva casa, perquè tenia nou ratolins i no tenia prou llet per a tantes boques. Li vaig posar el plat ran del portal i en va estar contenta. Em satisfeia veure-la.

En realitat no sabia contar. Després de molt de

temps he arribat a la conclusió que aquella rata tenia nou fills. Mirava els meus dits i deia: aquest és un ratolí, aquest és un altre, aquest és un altre... I pensava: em falta un ratolí perquè n'hi hagi tants com els dits que tinc a les mans.

D'aquesta manera sabia quants n'havien fugit del niu. Tampoc no sabia que es diguessin ratolins. Són animals, pensava, com els altres. Animals petits. I podria esser que ni tan sols fossin rates. Però després, quan he conegut les rates i he sabut com es deien, he pensat que aquelles que havia tingut a la cova eren quasi iguals. Eren més gracioses: les meves tenien el pèl més lluent i eren vermelloses. En deixar-les, em vaig dedicar a criar mièus... Després he sabut que eren mussols, perquè feien:

—Mièu, mièu, mièu...!

Quan són petits són com una bolla de cotó i, si t'hi acostes, et fan:

—Pst...! Pst...! Pst...!

I és com si fossin moixos.

Però sovint tenia problemes, amb tants d'animals. La colobra no s'avenia amb els mussols i s'enfadava, en veure que a mi m'agradaven. Els mussols haurien volgut matar la colobra; però era massa gran. I començaven a fer:

—Mièu, mièu, mièu...!

I la miraven com si li clavassin els ulls.

Llavors, quan anaven a envestir-se, no em quedava més remei que separar-los amb un garrot. Però la colobra anava sempre amb l'ull viu, ben obert. D'ençà que tenia els mussols no m'estimava tant. Vaig comprendre que no eren capaços de conviure. I vaig haver de treure a fora els mussols.

—Mièu...!

La colobra va continuar al meu costat. Vaig cobrir amb escorça de suro el dipòsit d'aigua que havia fet a prop de la cova a fi que no hi caigués brutor: fullaraca del bosc, animals i la terra que el vent removia. Vaig fer-hi una canal de fang perquè l'aigua sortís, quan el cubell era ple i començava a vessar. Llavors, amb pedres, i troncs, i suro, vaig fer una bassa i els animals acudien a beure a aquell lloc. Tant les cabres, com els cérvols, com els ocells acudien a beure al meu petit estany.

La mateixa roca separava les cambres. No hi havia portes. Només eren un forat dins la mateixa pedra. Allà dintre guardava la llenya, per si es posava a ploure. Hi tenia fullaraca seca sobre la qual dormia, pells, plats de suro, garrots. Hi tenia un bidó de suro ple de glans, que guardava per quan venia el fred. En tenia sempre, de glans. Els guardava i en menjava. Sobretot m'alimentava dels productes del temps, perquè cada cosa té el seu temps. Havia après a menjar segons els fruits del bosc. Sempre hi havia alguna cosa per rosegar: quan hi havia raïms silvestres, menjava raïm. N'hi havia de més durs, d'altres de més blans. En temps de móres d'esbarzer, menjava móres. I a tot temps menjava conill i bevia llet. Una mica més avall, en una esplanada del terreny, els cérvols acudien a barallar-se entre ells per les femelles. Eren unes bregues galants; però a mi no m'agradava que fessin bregues i tallava un tros de rama i els ho posava en el banyam, com un arbre de banyes, a fi d'evitar que es destrossassin amb la baralla. Altres vegades agafava una vara d'ullastre i els pegava fins que es desfeien, perquè n'hi havia que s'embolicaven amb les banyes i podien arribar a fer-se mal.

De tot d'una em pensava que jugaven, però després vaig veure que no era un joc, perquè només es barallaven quan les cérvoles estaven en zel. Si s'acostava un mascle a una femella, hi havia guerra. Era durant aquell període de temps en què les cérvoles cridaven els mascles:

—Aaaa...! Aaaa...!

Però els mascles es posaven gelosos.

Si els col·locava una branca entre les banyes, succeïa que els fugia la gelosia i es posaven a menjar les fulles de la rama que l'adversari portava penjada al banyam. Cada un intentava menjar-se la branca de l'altre. I les cérvoles esperaven que acabassin de menjar.

Però es barallaven perquè estaven gelosos. Ara sé perquè es barallaven. A vegades veia un cérvol que anava d'un costat a l'altre amb una femella. Un s'hi acostava i li pegava un cop amb les banyes a una cama. L'altre prenia coratge i li deia, així, amb el seu llenguatge, furiós:

—Maaa...! Maaa...!

I s'acostaven a poc a poc, s'acostaven... Allargaven el coll. I llavors era quan començava la brega. Succeïa després de les primeres pluges, passat l'estiu, sempre a l'horabaixa, abans de pondre's el sol rere les muntanyes. El vent de la tarda despertava les passions i els pretendents alçaven el cap i bramaven. Semblava que era el bosc que bramava. El que guanyava partia amb la cérvola. El que perdia es retirava i es quedava sol. Encara que sempre trobava una cérvola més vella que el volia, que partia amb ell. Les més joves fugien amb el guanyador. I aquella partida era una marxa nupcial.

L'horabaixa tombava dins la vall.

Mai no els vaig veure, emperò, realitzar l'acte sexual. Partien bosc endins, on ningú no els veiés. Potser els agradava, als cérvols i a les cérvoles, estimar-se en secret. D'altres sí que els vaig veure. El senglar, per exemple, es passava molt de temps sobre la porcastra; però jo no imaginava què feien. El conill també s'estava una estona llarga sobre la conilla. Em pensava que jugaven. I les cigales —són com a llagosts—, la femella és gran, el mascle, molt petit, volen un sobre l'altra mentre fan l'amor.

Però jo no havia posat nom a l'amor i no sabia què dir-ne.

11

Mai no vaig arribar a quedar sense foc. Però en cas que això hagués succeït, hauria estat capaç d'encendre'n de bell nou a la meva manera. És molt senzill. Hauria agafat alguns trossos de tronc, d'aquells troncs que estan mig podrits. S'encenen fàcilment i cremen amb no res. Un dia vaig agafar dues pedres blanques, les volia partir i vaig observar que treien espires de foc. Després vaig començar a fregar-les l'una amb l'altra. M'estimava més fer-ho de nit perquè, quan era fosc, m'agradava veure les espires. Vaig agafar fusta seca, hi vaig acostar una pedra, vaig rascar una estona i aviat es va encendre. Només una mica: una guspira. Vaig començar a bufar. Vaig posar herbes seques i fulles vora la brasa. A vegades, quan ja estava encès, però sense flames, en feia una bolla, la fermava a una branca i començava a fer-la rodar, fins que aquella roentor flamejava.

No sé quantes voltes vaig barallar-me amb els llops. Sempre em guanyaven, perquè mai no els vaig voler fer mal i, no obstant això, ells sí que me'n feien. Em posaven la boca al coll i em deixaven immòbil. Però a mi no m'importava barallar-me amb qualsevol animal, perquè sempre tenia qui em guardava. Només que pegàs un crit, acudia la serp i es desfeia a verdancades contra el que m'agredia. Un dia vaig cridar perquè un llop m'havia posat la boca al coll i m'estrenyia les dents. Estava furiós. Era quasi de nit, quan la tarda fosqueja. La vall era plena de boira. D'una boira espessa que es desfeia sota el crit d'aquell llop. Li havia desbaratat un conill que era a punt de caçar. Se'm va llançar al coll, enrabiat. Vingué la serp. Fiblava com un verdanc. El llop va fugir. En caure la fosca, aquella nit de boira, la lluna era vermella: una taca de sang al centre de la nit.

Portava penjat un gla al coll. Vaig buidar-lo i vaig fer-ne un xiulet. Tenia un forat i, si hi bufava, treia un brunzit que em permetia cridar la colobra. Se'm va trencar i en vaig fer un de fusta. Vaig encalentir un ferro i, quan el vaig tenir roent, vaig foradar la fusta. El necessitava, perquè no sabia xiular per mi mateix. L'aire de la boca em sortia massa feble. Quan xiulava es presentaven tots els animals convençuts que els donaria menjar.

Eren els meus amics. Només que cridàs, perquè estava en perill, acudien a auxiliar-me.

I, si matava un animal gros —un cérvol, per exemple—, agafava el ganivet, el trossejava, i els repartia aquella carn. En menjava tota la família.

Més que parlar, em comunicava amb els animals, perquè vaig aprendre d'imitar els seus crits, a força de repetir les coses que es deien. Amb ells m'entenia. Parlava a la meva manera. Moltes paraules em fugiren del cap. Era com si aquell temps en què sabia parlar s'hagués allunyat de mi. Els noms m'havien fugit de la memòria. Però cantava. M'agradava cantar. M'inventava les paraules i les músiques. Cantava a l'estil de les bèsties, com si s'alçàs un udol enmig dels boscos. Cridava. M'agradava cridar durant molt de temps, i era com si cantàs una cançó salvatge.

A vegades el gel es desprenia de la muntanya. L'estirava amb un pal i el feia caure a les basses del riu. Uns bassals enormes que es formaven quan la neu començava a fondre's. Quan aquells bassots estaven gelats, m'agradava patinar sobre el gel. Anava d'un costat a l'altre. Una vegada que vaig prendre força vaig llenegar i vaig anar a parar damunt una roca. Em vaig fer mal, però m'hi divertia. També vaig fer-hi foc, sobre el gel. Amb la calentor es va fondre i vaig caure de cap dins el bassiot. Tot el dia en vaig riure.

Vaig teixir una corda d'herbes primes i la vaig fermar a la branca d'un arbre. Era a la vorera del riu i, quan l'aigua creixia, aquella corda em permetia saltar d'una banda a l'altra. A l'altre costat hi havia una herba que sovint em servia d'aliment. Ni que fos un conill, cada dia en menjava. Però si de cas començava a ploure i el riu s'embalava, no podia saltar sobre l'aigua. A la meva banda no hi havia aquella herba. Vaig pensar com podria passar a l'altre costat. No sé si hi vaig pensar tota una setmana, perquè llavors no sabia què era una setmana. Però posem que hi pensàs una setmana: una mica més, o potser menys. Havia provat d'aferrar-me a la rama d'un arbre i saltar sobre l'aigua, però es va rompre i vaig caure. La rama no va aguantar el meu pes. M'hi havia penjat i havia posat els peus cap amunt a fi de traspassar el rieró. L'arbre es va trencar. Em vaig mullar la samarra i la vaig posar a assecar al sol. Estava nu, absolutament nu. Llavors m'agradava rebolcar-me sobre les fulles seques, sentir a la pell la terra que transpira, percebre la forma de les pedres.

Aleshores va esser quan vaig tenir la idea de teixir aquella corda. Quan el riu portava poca aigua vaig acudir a l'arbre de l'altra vorera, la vaig fermar i, en tenir-la fermada, la vaig estirar per comprovar que resistia. Em vaig enfilar al tronc i vaig provar de baixar. Em vaig despenjar a poc a poc. Vaig passar a l'altra banda. Però el meu cap no donava més de sí i, quan saltava a l'altre costat, amollava la corda i em fugia de les mans sense que pogués retenir-la. Em vaig servir d'una vara molt llarga per estirar-la. Fins que se'm va acudir què havia de fer: si puc clavar un tros de pal en terra i fermar-hi la corda, no se m'escaparà, vaig dir. I res més. Però, amb el temps que passava, la corda va començar a assecar-se. La posava en remull en l'aigua perquè no s'emmusteís. Però amb aquesta solució de la corda només podia passar jo. Llavors em vaig inventar una nau per poder passar tots: perquè passassin la guineu, la colobra i els altres animals que venien amb mi.

La nau era feta de trossos d'escorça de suro. Unes escorces enormes fermades amb força. La subjectava amb una corda a l'arrel d'un arbre. Hi pujàvem tota la família: la guineu, la serp... I alguns ocells que preferien traspassar la correntia del riu amb la nau, més que volar. Quan hi érem tots, estirava la corda i vinga a estirar, fins que havíem passat a l'altra banda. Però un dia portava a la nau una càrrega de mussols, dues guineus, la serp... A un mussol se li va acudir picar una guineu. I ja me'ls tens embolicats en una discussió. S'envestiren, es mossegaren... El mussol cercava punyir-la als ulls. La guineu es defensava amb les dents i les ungles. Amb tant de malaveig que feren sobre l'escorça, la nau va trabucar. Vàrem caure tots a l'aigua i haguérem d'acabar la travessia a força de nedar. Els mussols alçaren el vol i partiren. L'escorça va girar, la guineu nedava al meu costat, la colobra saltava sobre l'aigua ni que fos un llamp.

Jo mateix trenava les herbes i en feia cordes. Procurava tensar-les a fi que em sortissin fortes, mentre no s'assecaven. Quan havia de fermar alguna cosa feia moltes voltes amb la corda i m'inventava nusos. Ningú no me'n va ensenyar mai, de fer un nus. N'havia vist fer al pare, a en Damià..., però mai no em varen ensenyar com els feien. Els nusos amb què jo fermava la corda eren inventats meus.

A l'altra banda del riu, aquell dia en què caiguérem a l'aigua, tots els animals que viatjàvem amb la nau d'escorça ens assecàrem així com poguérem a l'ull del sol d'hivern. Més tard vaig recuperar l'escorça, la vaig tornar a fermar, i travessàrem de bell nou la correntia.

Era estrany, però els dies de tempesta la colobra desapareixia. No s'acostava a mi, ni vaig poder saber mai on s'amagava. Era com si tingués una càrrega elèctrica dins el cos i fugís dels llamps. Les tempestes, a la meva vall, eren dures. Pareixia que el cel davallava: els núvols, les vergues de llamp, els trons, la pluja forta. La guineu era la primera que es ficava sota les meves cames. S'enroscava als meus peus i arrufava el morro i la cua. M'amagava dins la cova, estarrufat. Si pega un llamp a la roca s'esfondrarà el món, pensava.

Després de la tempesta obria la barrera i deixava que les cabres sortissin del corral, que pasturassin a lloure i es menjassin l'herba fresca del bosc. Un dia em va picar un escorpí. Em va picar en un dit perquè vaig anar a agafar un grill de davall una pedra. El dit se'm va inflar. Vaig alçar la pedra. No hi havia el grill, sinó l'escorpí. Vaig saltar com un boig, amb tant de mal. Volia jugar amb aquell grill i veure'l cantar. Però després, passat un cert temps, la guineu me'n va treure un de sota terra. Es va posar a gratar i a furgar. Llavors se'l va menjar d'amagat meu. Vaig sentir que les ales del grill cruixien entre les seves dents.

12

M'agradava excavar petites coves a la vorera del riu perquè hi entrassin peixos. Llavors tapava la porta amb una pedra plana i la subjectava amb un tros de bastó, com si l'embarràs. Els peixos quedaven atrapats i pel forat que tenia fora de l'aigua els podia treure. No sabia que es diguessin peixos. Els deia animals d'aigua. No en coneixia el nom.

Un altre dia vaig anar a cercar una ratapinyada. És un animal simpàtic, de mida petita, les orelles grosses. Només vola de nit. Fa vida nocturna. Quan trenca el dia s'amaga en les coves que s'obren sota les penyes. S'apleguen com una pilota i es pengen. Es pengen en el lloc més obscur de la cova. Les unes aferrades a les altres com si fossin pilotes. Qualsevol que passàs podria pensar que tot és una roca; però són les ratapinyades. S'assemblen als homes. S'assemblen de la cara. Sí, he vist molts d'homes que els assemblen.

Em pensava que tot sortia de la terra: l'aigua, les herbes, els arbres, els cérvols, els mussols, els llops. Tot el que tenia davant els meus ulls havia sorgit de la terra. I la terra era la mare de totes les coses. Observava que les pastures surten de la terra. L'única cosa que no podia entendre eren els núvols. Perquè és difícil entendre'ls, els núvols. Un dia en vaig veure un allargassat sobre el riu. Sobre un bassal enorme, el núvol. Hi havia una boira espessa. En deia fum. Era com el fum que surt del foc. L'havia après quan era petit, la paraula fum. La sitja del pare fumejava durant dies. Hi havia fum sobre el bassal. Em vaig ficar enmig d'aquell fum i vaig adonar-me que la pell se'm mullava. No sabia de quina manera el meu cos s'havia impregnat d'aquella aigua. Llavors la boira s'enfilava amunt, i s'ajuntava a unes altres boires i, quan eren molt amunt, començava a ploure. No havia vist que el núvol estiràs l'aigua del bassal, ni sabia d'on sortia l'aigua de la pluja. I em preguntava: Aquesta aigua d'on ve? Venia dels núvols. I els núvols recollien l'aigua del riu i de les basses.

A vegades pensava que podia caure d'un penyal i matar-me. Havia vist un animal despenjar-se d'una roca, n'havia vist córrer embogits i pegar amb el cap al tronc d'una alzina. Sabia que em podia morir d'un d'aquells cops. Vaig aprendre que si algú es pegava un cop fort, es moria. I tancava els ulls. Havia vist que, quan es tanquen els ulls, es moren. Potser morir-se només és tancar els ulls. Un animal —posem per cas un cérvol— que es pegava una trompada amb una roca o amb un roure, queia en terra i es moria. A vegades ho pensava per mi mateix: si arribàs a caure d'un d'aquests penyals, també clouria els ulls. Tot d'una vindrien els ocells que s'agraden de menjar animals morts. En veia, a vegades, d'aquests ocells, llançar-se sobre una bèstia moribunda. A vegades voletejaven entorn de l'animal, perquè sabien que no era mort del tot. També se'm menjaran a mi —pensava—, quan s'adonin que he tancat els ulls. El meu cap no s'aturava de pensar. Però hi havia coses que no les pensava.

Només sabia que el dia començava quan sortia el sol i que, quan el sol partia, es feia fosc. Quan arribava la fosca era hora de dormir i, quan tornava el dia, era hora de viure. M'agradava observar els colors. No en sabia els noms, però ara sé que hi havia molts de colors: blau, i verd, i groc, i negre... Quan els boscos florien se'n veien tants, que no els sabria posar nom. No hi ha una altra cosa més bella en el món que la vall, quan és plena de flors. I els perfums. També surten de la terra, els perfums. És com si se't tallàs la respiració. Allà hi ha flors que tenen més d'un color: groc, i blanc, i vermell. I l'herba de les pastures. Quan floreix l'herba, la vall esclata i els colors surten dessota la terra. També la terra és la mare de tots els colors.

Llavors no en sabia els noms. Després els he après, els noms de les coses que havia vist a la vall. Els noms de les herbes i dels arbres. El til·ler, per exemple. A la meva vall hi havia molts de til·lers: corpulents, amb l'escorça grisa i les flors grogues, petites, però penjades l'una de l'altra en forma de raïms. També hi havia camamil·la per les escletxes i els clivells de les roques. No sabia que aquella planta es deia camamil·la, però m'agradava rebolcar-m'hi, refregar-me les flors sobre la pell.

No els posava cap nom. Només és que n'hi havia unes que m'atreien més que les altres. Les flors vermelles eren les que més m'agradaven. A vegades en collia un ram, excavava un forat al costat de la cova i hi posava les flors, perquè veia que les mates sorgien de la terra. S'emmusteïen tot d'una, fins que vaig aprendre que havia de posar-les en remull. Les ficava en aigua, en un cub que havia fet de suro. Abans, en lloc de tallar les flors, esqueixava una branca, feia un forat en terra, dins la cova, agafava fang de la vorera del riu i encimentava tot el forat amb aquell fang, perquè no permetia que l'aigua fugís. Deixava que s'assecàs i, quan ja era sec, hi posava la branca florida, omplia el forat de terra —era terra que havia recollit del costat de la planta de la qual havia arrancat l'esqueix—, i amb un plat de suro remullava amb aigua aquella terra, cada dia, fins que la branca s'assecava. Llavors l'arrabassava i la llançava al foc. I en posava una altra, i una altra... Hi havia flors que de nit es tancaven i tornaven a obrir-se quan guaitava el dia. Era com si tancassin els ulls per adormir-se. En temps de flors, la cova pareixia un jardí.

Una vegada al dia donava llet a la serp, quasi sempre al matí. Poques vegades ho feia a l'horabaixa, quan començava a pondre's el sol. De tot d'una es presentava a l'hora en clau. Però finalment se'n vingué a viure amb mi. No és estrany, perquè sempre tenia el cassolí de llet a punt. En haver pres la llet, partia a caçar i a fer les seves feines. Però llavors tornava.

No sé si mai vaig estar malalt. Tampoc no sabia quines malalties tenien els animals. Coneixia si els feia mal un peu, si es queixaven d'una cama o si tenien maldecap, perquè segons què els feia mal es podia veure escrit a la cara. Cap al final, devia esser durant els darrers anys en què vaig viure enmig de les muntanyes, vaig veure un conill amb el cap inflat. No sé com ens havia arribat aquella pesta. Tenia els ulls bufats i quasi no hi veia. Es replegava damunt de si mateix i s'escondia, ocult a l'enfony d'una roca. Li duia menjar. Procurava portar-li les herbes més tendres, que escollia per a ell. Tanmateix, al final, quan aquella pesta l'atacava fort, que ni era capaç de menjar, acabà morint-se. El vaig veure que tancava els ulls.

Altres mals no crec que en tinguessin. Els animals mengen moltes herbes i les herbes són bones per a tota classe de mals. Encara que, quan un animal tenia una malaltia rara que li pegava fort, tampoc no hauria pogut adonar-me'n perquè es ficaven en l'espessor del bosc i desapareixien. S'amaguen al bosc i no en surten. És com si volguessin morir-se d'amagat.

A vegades veia que a les cabres els pegava mal: començaven a anar feixugues, i tenien l'ombra trista. Sabia quina classe d'herba menjaven quan no es trobaven bé i els en duia. Quasi sempre aquelles herbes els alleujaven el mal, segons els dolors. Alguna els tenia tan forts que no era capaç de menjar. La veia amb la panxa que s'inflava. I potser s'havia empassat una herba danyosa i malsana. Elles, només amb l'olfacte, coneixien les males herbes. Però en podien haver menjat alguna sense adonar-se'n. Llavors arreplegava un manat de plantes que cercava per la garriga i el bosc: un poc de romaní, un brot de farigola, una mica d'estepa, molt poca, perquè l'estepa és forta, i algunes altres el nom de les quals mai no vaig saber. Agafava aquells brots, en feia picadís i, una volta picats, els posava dins la clota que tenia cavada a la terra. Hi posava aigua, la cobria amb una pedra plana i col·locava el foc a sobre. Passat un cert temps, a fi que el foc i la cendra no caiguessin a l'aigua, agranava la pedra i destapava el beuratge. Recollia aquell brou amb el plat de suro i el portava a l'animal que estava malalt, li obria la boca i, encara que es renegàs, li ho feia prendre a la força. Sovint els fermava per les banyes a la soca d'un arbre. Era una manera d'evitar que me'l tirassin en terra, aquell brou d'herbes. I una manera d'aconseguir que s'estassin quiets, el cap alt. Llavors els obria la boca i els ho llançava dintre.

Aquella mescla era un antídot més poderós que el verí que s'havien menjat. Encara que no sempre aquell mal desapareixia tot d'una, n'hi havia que es posaven a vomitar tot el que portaven al ventre i el mal els fugia.

Però era estrany que els pegàs tan fort. Els animals solen estar sans. A vegades la malaltia els posava trists. Però això durava poc, només quatre o cinc dies.

13

Si es feien una ferida i no era gran, se la curaven per ells mateixos. Els llops, si es fan una ferida, comencen a llepar-se-la i a rellepar-se-la fins que la ferida es tanca. Em succeí el cas d'un cabrit que ficà un peu en un clivell de la roca i començà a caminar amb dificultats. No sabia com podia resoldre aquell problema i vaig pensar-ho a fons. Vaig decidir fermar-li el peu amb una corretja d'herbes trenades, però no era suficient perquè el peu es movia tant com abans. Veia que faltava alguna cosa, però el meu cap no donava més de si. Vaig comprendre que les corretges soles no servien, fins que vaig pensar que podia fer servir una canya: la vaig obrir mitjançant un tall llarg i vaig posar un dit enmig de la canya. En comprovar que no el podia moure, vaig entendre que aquella canya em podia servir per subjectar el peu del cabrit. Vaig tallar-li dues canyes a mida, les vaig posar on tenia la ferida, que en sobràs un tros a la part d'alt i un altre a la part de baix. El vaig fermar ben fermat, aquell peu, entre les dues canyes. Llavors cada dia li posava aigua calenta amb romaní. L'hi posava amb les mans i l'aigua s'escorria fins a la ferida. I així vaig fer que el peu estàs subjecte no sé quants de dies. Fins que vaig veure que volia caminar i que s'esforçava, malgrat l'embalum de la canya, a posar el peu en terra. I se'n venia rere meu com si em digués: em pots treure aquest embaràs, que em fa nosa. I m'asseia en una pedra i el cabrit venia cap a mi i em mostrava el peu, i em feia senyals, i m'indicava que l'hi tragués. L'hi vaig retirar. A poc a poc, molt a poc a poc, vaig deixar que posàs el peu en terra, fins que començà a caminar i a córrer com els altres.

Vaig arribar a sentir que formava part d'un grup d'animals: uns que caminaven amb quatre potes, uns altres amb dues, uns altres que volaven i uns altres que no tenien peus i caminaven arrossegant-se per terra. L'única diferència que hi havia amb aquells animals era que em podia servir de les mans. Em commovia veure la quantitat de coses que podia fer amb les mans. També em diferenciaven els pensaments. Em venien al cap sense que sabés per què. La meva intel·ligència era més poderosa que la dels animals. No sé com explicar-ho. Ells tenen cura d'ells mateixos, sense que ningú no els ajudi. Ningú no els n'ensenya. Tenen els seus fills, els crien com els millors pares que puguin existir. I els estimen més que no els pares i les mares dels humans. Perquè, encara que em coneguessin, aquells animals, si m'acostava als seus fills, es posaven en situació d'alerta. Em vigilaven, convençuts que els podia fer mal. La seva intel·ligència no arriba més amunt. No eren capaços de pensar: aquest porta menjar als nostres fills. Fins que no ho veien, no n'eren conscients. Ells consideraven que els era superior. No sé com explicar-ho. Em veien més gran. I feien tot el que sabien per defensar els seus fills. Em volien picar, però no s'atrevien. Quan m'havia apropat als ocellons, els pares, enfilats en una punta de l'arbre més proper, ploraven convençuts que podia fer mal als seus fills. Quan partia, els pares es llançaven al niu perquè volien comprovar que les cries eren allí. Volien saber que estaven bé, que menjaven... La mare es quedava amb els fills, mentre el pare sobrevolava part damunt meu a fi de saber cap a on partia.

Però això només era al començament. Quan s'adonaren que no faria cap dany a les seves cries, es quedaven molt a prop del niu. Fins que arribà el dia en què començaren a portar-me la carn perquè la trossejàs per als seus fills.

A vegades, en veure la serp que fugia escapada, em feia sempre la mateixa pregunta: com és que aquest animal que no té cames pot córrer tan de pressa? En més d'una ocasió vaig intentar-ho fer com ho feia ella i, tanmateix, no en sabia. M'allargava de panxa en terra amb la boca avall i tractava de moure'm. No aconseguia avançar ni una passa. Però no era capaç de treure'm la colobra del cap: no té cames i s'enfila pels arbres, salta les roques, travessa l'aigua. No ho entenia. Per què la serp corre tan de pressa, per què? Després m'han dit que té electricitat al cos, com els llamps. Potser per això, en alçar-se una tempesta, fugia de mi.

També vaig caminar amb els peus i les mans, com els llops, i la guineu, i les cabres; però no podia fer-ho com ells. Sempre m'havia d'aferrar per totes bandes, perquè en aquella vall no podies transitar d'una altra manera i havies d'arrapar-te a les herbes, a les pedres, a les branques que pengen. Tanmateix havies de subjectar-te a la terra. Era el que feien tots els animals. No hi havia diferències d'uns als altres, només que n'hi havia que anaven vestits de plomes, d'altres de pèl. A vegades em preguntava: per què no se'm cobreix tot el cos de pèl, com als llops o com a les cabres? Però no en feia gaire cas. Sabia que era diferent dels altres animals, de la mateixa manera que hi ha arbres, i matolls, i flors que tenen el tronc més gruixut, les fulles més llargues i les flors d'altres colors.

Si tot el que em voltava hagués estat uniforme i només jo hagués estat diferent, potser m'hauria preocupat perquè hagués estat l'estrany. Però a la muntanya la vegetació és diversa i els animals són distints. Si entres en un bosc, al primer cop d'ull tot és igual. Només veus bosc i penses: quin bosc més espès! I quan et detens a mirar cada fulla dels arbres, cada pedra, cada flor, t'adones que no hi ha res repetit, que tot és bosc, però cada part en alguna cosa es diferencia de les altres. És quasi el mateix que succeeix amb les persones: com els arbres, tots venim de les mateixes arrels. Però no hi ha ni un sol home repetit.

Les persones s'assemblen molt als arbres: a vegades els surten berrugues. Una persona pot estar ferida, un arbre també. Unes i altres, les persones i els arbres, produeixen fruit.

Més d'una vegada, emperò, vaig sentir-me superior respecte dels altres animals. Només una mica superior, perquè podia fer servir les mans. Era capaç de tallar el tronc d'un arbre i els altres animals no n'eren capaços.

De l'únic animal que no em sentia superior era de les àguiles. Eren capaces de volar, jo no n'era capaç. Mai no vaig intentar-ho. Sabia que no podia volar, que em faltaven les ales. És clar que m'hauria agradat molt. Hauria vist més món. Uns altres mons que no eren a la vall. Si hagués pogut volar, no hauria estat retingut en aquell lloc agrest.

Només li faltava el pèl, però la ratapinyada era la que més s'assemblava a mi. Era un dels animals més petits i quasi no la veien, perquè només circulava de nit. Però se m'assemblava. I no en sabia el nom.

Sabia que era bo que tingués glans de reserva amuntegats en un racó de la cova. Això em garantia que mai no passaria fam, però havia d'aconseguir que les rates no hi tinguessin accés. Hi estava familiaritzat, amb els glans. Els de la vall eren més petits que no aquells que em feia arreplegar la madrastra cada dia, quan era un infant, pels voltants de la sitja. A aquelles alzines se'ls havia fet alguns treballs de conreu i anaven ufanes, exuberants de brancatge i fullam. Les de la vall eren salvatges i els fruits que produïen eren més esquifits. En guardava tots els que podia. Acudia a una alzina surera i li feia un tall de dalt a baix. Només tallava el suro, sense tocar el tronc. Llavors el tallava al voltant de la soca i feia palanca amb un garrot a fi d'arrabassar-lo sense que es trencàs. Havia de fer-ho amb esment, però aconseguia desferrar-lo de l'arbre sense fer destrossa. Llavors tornava a ajuntar les dues parts: les fermava amb una corretja o les cosia amb puntes de fusta. Les clavava amb una pedra fins que aconseguia que no es desconjuntassin.

Ningú no em va ensenyar a construir-los, aquells poals de suro. En vaig aprendre com qui juga amb un tros d'escorça i tracta de ficar-hi bastons de fusta tot colpejant-los amb una pedra. Em serviren per guardar-hi els glans de reserva i evitar de tenir-los amuntegats en terra. I vaig aconseguir que les rates no me'ls tornassin a prendre.

14

Cada vegada que venien a cercar els cabrits tornava a veure el cavall. M'espantava, el cavall. No m'agradava que vinguessin. Se'ls enduien per sempre i no els tornava a veure mai més. Em feien creure que me'ls portarien de bellnou, passat el temps. Parlaven poc. Però moltes paraules que deien no les entenia. Només pel renou i la música de les paraules podia entendre alguns significats.

Quan era sol, m'agradava riure i sabia què era riure. No obstant, no sabia que es digués riure. Reia amb els animals. Els animals també riuen i, a vegades, em feien rialles les mateixes coses de les quals ells també reien. Quan jugàvem amb els cabrits i saltàvem sobre l'aigua, si algun dels cabrits es travava i queia, em rebentava de riure. Si era jo el que es travava i queia dins l'aigua, llavors eren ells. Em miraven i feien:

—Meee...! Meee...!

Se'n reien, de mi.

M'enfilava a les alzines, corria pel pendís, empenyia les pedres més grosses i les feia rodar. Res, emperò, em feia tant de riure com els jocs sobre l'aigua. M'agradava punyir-la amb un garrot al punt en què sortia de la roca. I l'aigua rebentava en múltiples brolladors.

Amb els llops no era cosa de riure.

Durant el dia dormien quasi sempre. Quan arribava la nit, sortien a caçar. Els brillaven els ulls. N'hi havia algun que també caçava durant el dia. Quasi mai no van tots sols. Surten a caçar i són tres o quatre, perquè així els és més fàcil agafar la presa. N'hi ha un que la persegueix, mentrestant els altres fan guàrdia i formen un quadre. Quan l'animal entra en el quadre, estrenyen el terreny fins que s'hi llancen a sobre i l'apleguen. El primer mos que peguen, sigui l'animal que sigui, sempre és al ganyot. Llavors l'arrosseguen fins al rieró que tenen més a prop. Quan el tenen a l'aigua, li mosseguen el ventre, a fi de treure-li el ventrell: els budells, l'estómac... I ho llancen tot al corrent del riu. El ventrell és una bossa gran que conté tota la porqueria. Són molt nets, els llops. Tiren la brutor al riu perquè no faci olor. Dins la bossa hi ha el farratge que l'animal havia menjat. Si no ho fessin així, arribaria que el ventrell faria molta olor i els animals fugirien d'aquells indrets. Tenen un sentit propi i una manera particular d'esser intel·ligents. Són diferents de les persones; però a vegades semblava que tinguessin més seny. Vaig aprendre moltes coses dels llops. Els observava i aprenia d'ells. Només que jo podia fer servir les mans. I era això que em feia comprendre que, encara que el meu cos arribàs a desprendre la mateixa olor, mai no seria un llop.

Observava que els animals creixien. Els veia quan eren petits i sabia que es feien grossos, mentre passava el temps. També jo em feia gran, encara que no era capaç de percebre-ho d'un dia a l'altre. A mi m'agradava córrer, jugar amb l'aigua, altres vegades amb els animals, altres, amb les branques dels arbres. Si tenia ganes de tallar llenya, ho feia. Si volia menjar, menjava el que tenia. Si volia dormir, m'adormia a qualsevol lloc, tant si era a dalt d'un penyal. Tanmateix no tenia por que un animal pogués fer-me res. Tenia qui em guardava. Em protegia la serp mentre dormia, sempre al meu costat. A vegades, enroscada a la rama d'un arbre. Dormia quan en tenia ganes, tant si era de dia com de nit. I hi havia nits en què passava el temps sense dormir, dins la cova. Jugava amb el foc mentre passava el temps i arribava el dia.

En una ocasió, els llops atacaren les cabres. Les atacaren una sola vegada, però no eren els meus llops. Eren uns llops que havien vingut de fora. M'avisà la guineu. Començà a cridar com una boja. Vaig agafar una torxa i vaig sortir tot d'una. No eren els meus llops. El llop no s'atura de matar. Si un llop entra en un corral de cabres, no s'atura de matar mentre hi hagi una sola cabra. Però jo els tenia advertits, els meus llops. Tallava una verga d'ullastre: una vara molt fina que es doblega i es vincla sense rompre's, però que s'aferra perfectament a les costelles. Agafava un cabridet i partia cap a la llobera. També duia una torxa d'herbes i branques ben fermades a un tros de bastó. Deixava la torxa encesa al portal i entrava cap endins. Amollava el cabrit i quan anaven a posar-li la mà a sobre, agafava la vara i vinga cops de verga. Més d'un se'm resistia. Llavors em feia dues passes cap enrere, agafava la torxa i, en veure'm amb el foc, s'enduien un trastorn que no s'aguantaven. No hi ha cap animal que tingui tanta por al foc com el llop. Fins que el cabridet s'acostava al llop i aquest l'acaronava amb una de les potes. Ara sabia que a aquella casta d'animals no els podia fer res. Ni tocar-los, tan sols.

Quan arribàvem a aquest punt, els donava menjar. Un tros de carn de cérvol o de cabra muntanyenca, de les que viuen salvatges per la muntanya. Els llops comprenien que els donava menjar perquè no tocassin els cabrits.

Un dia que n'havia tret un grapat perquè jugassin per allà a prop i saltassin entre les pedres de la vora del riu, n'hi hagué un que es va quedar adormit. Es presentà un llop, li pegà unes quantes manotades i el cabrit s'aixecà. Corria i cridava... És probable que, si jo no hagués estat allà a prop, potser l'hauria mort i se l'hauria menjat. Però hi era i és segur que tingué por del meu càstig.

El cabrot el va sentir i partí escapat cap allà on era el cabridet. Va veure que el llop era a prop d'ell. Però el llop va marxar, la cua entre les cames. I féu voltes i voltes pel redol fins a l'horabaixa.

Per a mi era una festa veure els cabrits rebolcar-se per terra i barallar-se. Es posaven amb les cames enlaire i movien el cap. Em feia molt de riure i em posava a cridar i a pegar salts com un boig. Al que guanyava li donava les fulles tendres d'un arbre que els agradava molt, però que no hi arribaven amb la boca, per molt que s'alçassin.

Però un dia, mentre donava la rama al que havia

guanyat, l'altre m'envestí per darrere i em féu rodar, rost avall, perquè el terreny era en aquell lloc costerut.

A vegades no tenia una altra eina més que la boca. La feia servir per pelar els pals o per rompre'ls. Quan m'enfilava a un arbre i volia trencar una rama, ho feia amb la boca. En una ocasió em vaig fer mal. Tenia un ganivet que m'havia deixat en Damià, però era vell i tot eren osques al tall. Llavors, quan volia tallar un garrot, el posava sobre dues pedres que facés un pont. Agafava una altra pedra, pujava en algun lloc que em permetés tirar la pedra amb força, i la llançava. Hi havia pals que es trencaven amb més facilitat perquè eren secs. D'altres necessitaven dos o tres cops.

Vaig adonar-me que tenia les cames més llargues, que les mans m'havien crescut, que els cabells m'arribaven fins als genolls. A la resta del cos no em sortí gaire pèl. No sé si el sol influeix sobre la pell dels homes peluts. A la meva vall no vèiem gaire sol. Només algunes hores. Llavors partia a amagar-se rere la punta de les muntanyes i no tornàvem a veure'l fins a l'endemà.

Em menjava les arboces, el raïm salvatge, les móres d'esbarzer perquè veia que en menjaven els ocells. Si els ocells no s'haguessin menjat aquells fruits, jo no ho hauria fet. Només en menjava perquè en menjaven els ocells. Em servien de guia. També, aquelles patates —no sé si eren patates— que desenterraven els senglars. Les desenterraven de la terra vella, sota les alzines. Els veia, els senglars, i els espantava a fi que fugissin i em deixassin els fruits de la terra. Si no hagués vist que ells en menjaven, no n'hauria menjat. Els rentava al rieró i me'ls menjava. Així descobria que eren bons de gust i no em farien mal. Em succeí igualment amb els bolets. N'hi havia molts en aquell lloc, però no en vaig menjar cap que no haguessin picat els ocells.

Igualment succeïa amb les herbes. D'aquelles que les cabres no en volien menjar, tampoc no en menjava.

En Damià m'havia ensenyat algunes coses, abans de partir; però jo era molt petit llavors i només tenia ganes de jugar. Ell mai no tenia juguera. Si sabia que havia de passar per un lloc, m'amagava rere una mata i li feia:

—Guauuu...! Guauuu...!

A vegades, em pegava una garrotada. Només que li era difícil embolicar-me, perquè saltava com un llagost i ell tenia les cames que li ranquejaven. Tenia les cames malaltes que li fluixejaven. Quan baixava a beure aigua, m'enfilava en una roca i li tirava pedres a fi que l'aigua l'esquitxàs. S'enfadava molt. I m'hauria pegat amb un verdanc, si m'hagués pogut alcançar. Agafava la carn i la brasejava al foc. Havia mort un cérvol. D'ell vaig aprendre'n: es posava a l'aguait i esperava que els animals baixassin al riu. Me'n donava un tall perquè me'l menjàs; però en lloc de posar-lo en un plat de suro el llançava en terra. Un dia em donà una cuixa sencera i vaig començar a mossegar-la furiós, afamagat que estava. Me'n vaig anar un tros lluny, dalt una penya. Vingué un llop. Tenia una mirada estranya. Em mostrava les dents. Feia:

—Nyeee...! Nyeee...!

Vaig llançar-li la cuixa i l'emparà amb la boca. Vaig anar a contar-ho a en Damià i plorava.

—Ha vingut un ca. Em mostrava les dents. Li he donat la carn. Em volia atacar.
De principi no m'escoltava. Després em va dir:
—Aquest ca és salvatge. És un llop. Un dia aquests llops et menjaran a tu.
Llavors afegí:
—Venia per tu. Si no haguessis tingut la carn, t'hauria envestit.
Després prepará un bolic de carn. La posà en una pell, com si fos un sac. Em va dir:
—Veus aquelles penyes? Vés-hi i els dónes aquesta carn. Espera que hi siguin. Dóna'ls aquesta carn, si no vols que algun dia et mengin a tu.
Vaig agafar la carn i els la vaig portar. Abans que arribàs en vingueren dos a esperar-me i, quan m'hi acostava, començaren a mostrar-me les dents. Els vaig llançar la carn des d'un tros lluny i me'n vaig tornar. De tot d'una no en menjaren. Només m'observaven, com si volguessin saber cap a on partia. Com si tractassin de saber qui era que els duia la carn. Em vaig amagar rere una roca i, quan em varen perdre de vista, agafaren els trossos de carn i se'ls portaren a la cova on tenien els seus llobatons.
L'endemà em vaig allunyar de la cova on habitàvem en Damià i jo. No sabia on em trobava. Vaig tenir son, però abans em vaig afartar de menjar arboces. I em vaig adormir en un jaç de fulles seques, a recés d'una roca. Vaig somiar que em Damià em pegava amb un garrot i, en despertar-me, hi havia a prop meu un llop que em refregava la mà per la cara. Un tros lluny, sobre un penyal, hi havia una lloba. Mirava què feia aquell

que tenia al meu costat. Me'n vaig endur un trastorn. El dia anterior m'havien mostrat les dents i me'n recordava. No sabia cap a on havia de prendre. Volia partir cap avall, però es posà davant meu disposat a no deixar-me passar. Em tornava a mostrar les dents i feia:

—Nya-nya...! Nya-nya...!

I voltava, com si marcàs un espai i volgués encerclar-m'hi. Vaig caminar cap on era la lloba, molt a poc a poc. De sobte va sortir un conill i s'amagà entre unes pedres. El llop es va posar a gratar, però no aconseguia que el conill sortís. La lloba havia baixat del penyal i s'havia posat sobre les pedres, per si sortia per un altre costat. Els vaig ajudar: m'apressava a retirar les pedres. El conill era allí i saltà, ni que hagués tornat boig. La lloba li pegà manotada i l'agafà entre les dents. No se'l menjaren. Volien que els seguís. El llop va fer:

—Uuuuh...!

I, en vista que no gosava moure'm, el llop em pegà una manotada. Vaig seguir la lloba, mentre el llop venia rere meu. Passàrem pel lloc on, només feia un dia, els havia llançat el menjar. M'hi hauria quedat, però no ho consentiren, disposats a portar-me a la cova on tenien els fills. Quan els vaig veure, em vaig posar a jugar amb ells. De tot d'una es varen sorprendre, només de veure'm. Feien:

—Eeeeh...! Eeeeh...!

N'hi va haver un que em va fer mal i li vaig estrènyer el nas. Va cridar i el pare tot d'una em pegà una manotada. Era com si em digués: «Eh, tu, no et passis, que aquest és el meu fill...!»

Em vaig afigurar que el llop em deia: «Eh, tu..., que aquest és el meu fill.»

Varen permetre que me'n tornàs. En arribar, en Damià em va dir:

—Em pensava que t'haurien menjat...

Però li vaig respondre:

—He jugat amb els llops dins la seva cova.

I no s'ho podia creure.

15

Un dia, el guardabosc d'un vedat de caça em va descobrir. Mirava amb una trompa des de la cucuia d'una muntanya i observava la ruta que seguien els cérvols fins al riu. Hi va veure un ésser estrany que corria al fons de la vall, pels costers. Probablement havia seguit el meu rastre altres vegades. Vull dir que no era la primera vegada que em veia. Caminava amb quatre cames i anava descalç, saltava les bardisses, m'enfilava a les roques, pujava a l'última branca dels arbres, freqüentava la cova dels llops i parlava amb les àguiles... I portava els cabells llargs fins als genolls. Degué pensar que havia descobert un animal estrany, una mescla entre l'home i el senglar, qui sap? Un ésser monstruós. No vaig adonar-me'n. Rastrejà la vall amb la mirada llarga i descobrí que hi havia un monstre perdut. Acudí al poble, acudí al quarter i donà part a la guàrdia civil.

No estava avesat a parlar amb la gent i no era capaç d'entendre la majoria de paraules que em deien. Gairebé no em parlaven, aquells que venien a cercar els cabrits. Sabia parlar, però no em sortien les paraules perquè no sabia com es deien les coses.

L'endemà es presentà una parella de la guàrdia civil.

Menjava arboces i vaig veure un home que se'n venia de cap a mi amb tres cavalls.
Em va dir:
—Bones tardes...!
Ara pens que em va dir bones tardes. No vaig saber què podia respondre. Tornà a dir-me:
—Bones tardes...! Què hi fas, aquí?
Em vaig aixecar, vaig posar mà al ganivet per tirar-l'hi. Aquell home anava vestit de manera estranya. No sabia qui era. De sobte, quan just anava a agafar el ganivet, em retingueren altres dos com ell i em subjectaren. Va baixar del cavall i, quan anava a posar-me la mà a l'esquena com qui diu: «Si no et farem mal, home», li vaig pegar mossegada i li vaig arrabassar una màniga de la guerrera. Em varen agafar. Vaig forcejar perquè volia fugir-los, escapar d'aquells homes. I era com si m'haguessin caçat. Em feren pujar al cavall, em fermaren les mans i em portaren al poble.

Vaig sentir cantar els meus ocells. Era com si es dolguessin de la meva partida.

Voltàrem ran del riu. Abandonàrem la cova, les cabres, els llops. No sé si m'han enyorat com jo els he enyorat a ells.

En arribar, em varen dur a la barberia a fi que el barber em tallàs els cabells. No tenia barba, perquè quasi no m'havia crescut.

M'obligaren a seure en una cadira i em desfermaren. Davant la cadira hi havia un mirall. Em vaig veure per primera vegada dins un mirall. No sabia qui era, aquell que veia. Vaig descobrir que el mirall reproduïa la meva imatge. Era jo, aquell que apareixia allà dintre. Els guàrdies s'havien posicionat ran del portal a fi de parar la curiositat de la gent. De sobte el barber va treure una navalla i començà a esmolar-la. Me'n vaig endur un trastorn. Què volia fer-me aquell home amb la navalla? Vaig pensar que tenia la intenció de tallar-me el coll. Em vaig posar dret, a punt de llançar-m'hi a sobre. Es va posar a cridar. Devia dir:

—Ajudau-me, que em matarà!

Vingueren els guàrdies. Cridaren un al·lot del carrer i li proposaren de tallar-li els cabells, a fi que veiés què li feien. D'aquesta manera aconseguiren tallar-me el pèl. Me'l varen tallar curt. I em portaren al quarter de la guàrdia civil.

La gent cridava:

—Han agafat l'home dels boscos. Veniu...!

—És l'home dels boscos.

—El salvatge de la muntanya.

—Han agafat el salvatge.

I em seguien arreu, els al·lots i les dones. I cridaven. No els podia entendre. Ara pens que devien dir:

—Han agafat l'home dels boscos.

—És el salvatge. L'han agafat perdut en una vall. És l'home dels boscos. Vivia entre els llops.

—Sabeu cert que és un home?

—I si fos una bèstia?

—Potser el va infantar una lloba.

—És el fill d'una lloba i un pastor?

—Sí, l'home dels boscos: el fill d'una lloba i un pastor.
—Potser és perillós.
—Només menjava glans i arrels.
—És un animal? No l'haurien de tancar en una gàbia?
Els sentia parlar sense escoltar-los.
Quan arribàrem al quarter de la guàrdia civil, es presentà el meu pare.
No l'havia tornat a veure mai més. No sabia el temps que havia passat, probablement molts d'anys. Els guàrdies em calcularen l'edat i arribaren a la conclusió que tenia dinou anys. Era poc abans de l'estiu del 1965. N'havien passat quasi tretze des que el meu pare m'havia venut a l'amo de les cabres.
De tot d'una no el vaig conèixer, el pare. Havia envellit molt i estava quasi cec. Se'm va acostar i, en veure que sols tenia una pell mig destrossada per cobrir-me, em va dir:
—On és la jaqueta que portaves? Què n'has fet, de la jaqueta? Et vaig comprar una jaqueta, què n'has fet?
Algú em va dir:
—Aquest home és el teu pare.
Però no vaig sentir per ell cap mena d'afecte. El vaig veure canviat i envellit. No parlàrem. Només em preguntà què n'havia fet, de la jaqueta que m'havia comprat.
La gent cridava:
—És l'home dels boscos.
No sé qui reclamà:
—Han tingut aquest jove abandonat enmig d'una vall, a mercè dels llops.

—Per què?
—Què hi feia, a la vall, entre feristeles?
—És el fill d'una lloba.
—És el fill d'una lloba i un pastor.
—Qui el va portar a la vall?
—Guardava les cabres d'un amo i les tenia esment perquè criassin els cabrits.

També vingué el senyor de la vall, l'amo de les cabres. Va dir:

—Aquest jove treballava a la meva finca. Vigilava les cabres i procurava que es reproduïssin. Li he pagat al pare allò que havíem convingut per aquesta feina. Hi ha res a dir?

Consideraren que no hi havia res a dir. Ni el pare, ni els guàrdies, ni el rector del poble. Ningú no hi tingué res a dir.

—És l'home dels boscos.

Em preguntaren què volia fer, però no ho sabia. No sabia què havia de respondre, ni si m'havien fet bé o m'havien fet mal.

—Vols anar-te'n amb el pare?

No vaig respondre. Ell tampoc no va dir res.

Tot m'era molt estrany. Aquella gent que m'envoltava: el senyor de les cabres, el pare, el rector, els guàrdies civils... No n'hi havia cap d'ells que anàs vestit igual.

Al carrer, els al·lots es burlaven de mi.

—És l'home dels boscos. L'han trobat a la muntanya.

—Mira-te'l —li deia una dona al seu fill petit—, si no et portes bé, l'home dels boscos se t'emportarà amb ell.

Però jo tenia més por que ningú. Observava els carrers i les cases. I me'n recordava de les cases, de quan era petit.

Hi havia un jove vingut del poble del costat i es va oferir per emportar-me a casa seva. Estudiava de capellà en un seminari i, aquells dies, tenia vacances. Tot d'una que li arribà la notícia —han agafat l'home dels boscos—, posà en marxa el cotxe del pare i se'n vingué a aquell lloc on em tenien retingut. Ningú no sabia què podien fer-ne, de mi.

—Em dic Joan —va dir—, si voleu m'emportaré a casa l'home dels boscos.

Quan sentiren la seva proposta —el pare, el senyor de les cabres, els guàrdies, el rector— s'hi avingueren tot d'una.

No em posaren ni un tros de roba. Vaig pujar al cotxe, entre l'aldarull de la gent. Encara portava la pell i era l'únic abric. Mai no havia anat en un cotxe. I, si hi havia anat, no en tenia record. Era la primera vegada. Totes les coses que feia era la primera vegada que les feia.

La casa era gran. Dues criades varen treure roba encara no esquinçada dels germans d'aquell jove seminarista. Em ficaren en una banyera d'aigua calenta. Em rentaren amb aigua i sabó. Em refregaven la pell, aquelles dones, i em tallaren les ungles. De sota la brutor en sorgí una pell blanca. Potser més blanca del que sospitaven. M'eixugaren amb una tovallola.

Però em sentia fermat amb la roba que em posaren. No la suportava, perquè m'estrenyia el cos. La mare del jove estudiant acudí a comprar-me una muda nova, més ampla: uns calçons, una camisa, la roba interior, unes sabates. Portava la pell, quan vaig arribar-hi. La'm varen treure i després la cremaren. Tot era estrany, desconegut. No sabia caminar amb els peus enfundats en unes sabates. Em feien mal i no m'agradava portar aquella cosa que me'ls estrenyia.

Molts de dies, quan venia la tarda, en Joan em portava a jugar amb els altres al·lots del poble, a la plaça. Em deien:

—Vinga, farem unes carreres.

Però era incapaç de córrer si portava les sabates. Llavors els deia:

—Si puc córrer sense sabates, no em guanyarà ningú.

També anàvem a jugar amb una pilota. I no em parava cap d'aquells al·lots, davant la pilota. Si qualcú s'acostava li pegava una empenta i el tirava en terra. No comportava que tocassin la pilota. Per això ningú no volia jugar amb mi. Era tan bèstia que, en una ocasió, em vaig llançar sobre la porteria i la vaig esbucar: la xarxa i els pals, tot pel trespol. Em varen haver d'ajudar a aixecar-me.

Mentre era a la vall, mai no vaig intentar tornar al poble. No en tenia ganes. Ni a la barraca del pare, ni enlloc. Tanmateix, no hi havia trobat res de bo. La vall era la meva vida. Hi hauria tornat, al bosc, perquè no m'agradava la gent i tenia por. Vaig tenir molta por.

16

Em varen fer seure a la seva taula. No sabia menjar com menjaven ells. A vegades els feia gràcia que no sabés agafar la cullera, ni el ganivet, ni la forqueta. Menjava amb les mans, agafava el plat i me'l portava a la boca. No els necessitava, els estris que posaven a la taula. I potser pensaven: «Menja com els animals, aquest al·lot és un salvatge».

Aquell jove estudiant va fer el que va saber per ensenyar-me les maneres de viure entre les persones; però a mi em costava molt aprendre-les. Ens passejàvem pel poble, saludàvem la gent, em mostrava el nom de cada cosa. Fou com si tornàs a aprendre a parlar. Entenia què em deien, però m'havia oblidat de com havia de dir les paraules. Lentament, vaig saber que les coses tenien un nom.

Àguila, llop, alzina, aigua, neu, flor, muntanya, roca, pluja, conill, estepa, guineu, foc, cérvol, clobra, arboça, penya, cova, senglar, llobató... Era el meu món i, no obstant això, no en coneixia els noms. Es pot viure en un món sense que sàpigues els noms de les coses que l'habiten? No sé si els havia sabut mai. Potser només me n'havia oblidat; però ara em semblaven nous de trinca. Cada cosa tenia un nom, cada color, cada fulla dels arbres. A poc a poc vaig aprendre a posar noms a la història que havia viscut. I descobria que les paraules em podien servir per recontar-la.

L'he tornada a contar moltes vegades. Molts es pensen que és una invenció del meu cap, que me l'he inventat, la història. I no m'han cregut.

Aquell jove m'ensenyà que la paraula flor podia servir per nomenar totes les flors: les grogues, les blanques, les vermelles. Que rere la paraula cérvol s'amaguen tots els cérvols. I rere la paraula foc, tot el foc de la terra.

En Joan em mostrava les mans i deia:

—Mira les mans.

Rere d'ell no em costava de dir:

—Les mans.

—Els ulls, l'arbre, els estels, la boira.

—Els ulls, l'arbre...

També s'ocupà d'ensenyar-me altres coses que no eren a la vall. Un dia em posà a les mans un aparell de ràdio. No podia entendre què feia tanta gent allà dintre. Tots parlaven a l'hora, i feien música, i discutien, i cantaven. Què feia, aquella gent, tancada allà dintre? Què feia...? Els feia riure que em pensàs que la màquina era plena de gent. Obriren l'aparell: desmuntaren la peça que servia de tapa, però només vaig veure filferros enrotllats en espiral.

Un altre dia em va dir:

—Anirem a una casa que t'agradarà.

Em portà a la casa d'un seu oncle. Tenien molts

d'ocells, però els tenien tancats en una gàbia. No en sabia els noms, però els coneixia. Potser, amb algun d'aquells ocells que ara tenien en captivitat ens havíem vist abans al bosc. Em vaig posar a plorar. No m'agradava veure'ls tancats i els hauria obert la porta de la gàbia. No ho consentiren.

A mi m'agradava que la gent del poble em tingués per un al·lot viu d'enteniment i deixondit. M'agradava que diguessin:

—Ha estat tirat en un barranc, però és llest.

—És espavilat. Mira'l: és capaç de fer música amb quatre pals.

—Vivia com un salvatge, en un lloc perdut enmig del bosc, però és intel·ligent.

—Quasi no parla, però ho entén tot.

—Ningú no l'ha estimat.

—Ha viscut entre animals, lluny, a la muntanya.

—A vegades li duien menjar i l'hi llançaven com es fa amb els cans.

—Diuen que dormia enfilat en un arbre, com els ocells.

—Quan el trobaren anava vestit amb una pell i duia unes varques que ell mateix havia ajuntat amb suro i filferros.

M'ensenyaren a caminar sense que fes servir els braços. No ho havia fet mai per terra plana. Alçava el cap i veia els carrers llargs i blancs. Sobre la blancor de les cases, els homes i les dones. Elles portaven roba negra. Ells tenien les ombres mortes, de tan resignades.

En un tros de carrer, prop de la plaça, hi havia una brigada de treballadors que pavimentava la calçada.

Posaven unes pedres quadrades, una vora l'altra, i les repicaven amb maces de fusta massissa com les que fan servir per esclafar grava. En tenir-les igualades, abocaven mescla de calç i ciment entre les juntes. En alguna ocasió els vaig ajudar. Col·locar aquelles pedres a fi que s'avinguessin i anivellar-les era com jugar amb un puzle: hi vaig aprendre que el món és fet de peces diverses, que paga la pena combinar-les com si fos un joc.

Aquells homes que empedraven els carrers deien:
—És llest, el salvatge.
—Mirau-lo com és capaç de col·locar les llambordes del paviment.
—Ens mira com els llops, els ulls desperts.

El poble s'estenia al centre d'una plana, lluny de les muntanyes. Vaig haver d'avesar-me a viure-hi. De sobte, totes les coses adquiriren una dimensió nova. A vegades la mirada em fugia cap a la serra, llunyana: les muntanyes blaves que es diluïen en la calitja dels dies d'estiu. Enyorava els meus amics: la guineu, els llops, l'aguiló, la colobra. Probablement, ells també m'enyoraven. Aquell dia en què els guàrdies em caçaren no sabíem —no ho sabien ells ni ho sabia jo, tampoc—, que la separació seria per sempre.

En Joan tractava d'ensenyar-me a llegir. Vaig arribar a conèixer unes poques lletres, però no sabia —no en sé encara ara— confegir-les. Ell em deia que les paraules escrites corresponen als noms que donam a les coses. Mai no ho he arribat a entendre. Amb ell vaig aprendre molts d'aquests noms: aigua, cérvol, muntanya, cabra, pluja, serp. Però no els sabia interpretar quan me'ls presentava escrits en un paper.

S'hi esforçà molt, en Joan. Aconseguí que aprengués a agafar el llapis entre els dits, encara que mai no ho he fet amb l'agilitat que ell m'exigia. Em tornava rígida, la mà, quan havia de prendre el llapis, i inflexible. Ell escrivia el meu nom.
Em deia:
—Aquestes dues paraules et representen a tu. És com si t'hi amagassis, rere aquestes paraules. En escriure-les, deixes la teva marca.
I s'entossudia que les escrivís. Vaig posar-hi molt d'esforç i vaig arribar a dibuixar-les. Sabia que deien el meu nom; però en fer aquell traç, la mà em tremolava.
No aconseguia entendre que rere aquells signes s'amagassin les coses, que el meu nom romangués a l'altra banda del dibuix. Em varen explicar que les coses que diem i contam es poden escriure en un paper. No ho entenia.
Durant algun temps vaig treballar amb un pastor. Tenia una guarda d'ovelles i les portàvem a les pastures de les terres planes. El pastor es pensava que estava boig, de tantes bogeries que vaig arribar a fer. Corria rere la guarda, m'enfilava pels arbres i saltava ni que fos un llagost. Feia el cant dels ocells i em responien.
El pastor deia:
—És un salvatge!
I la seva dona:
—Però és llest, més viu que un diable.
Passat l'estiu, en Joan se'n tornà al seminari.
Aconseguí que m'acceptassin en una residència de la ciutat per a convalescents. Hi acudien aquells que havien sortit d'una malaltia o d'una operació

en un hospital i necessitaven assistència. Ell em va ajudar a instal·lar-me en aquella casa. Em varen posar a l'ala dels homes. Ajudava a fer els llits, prestava ajut als més desvalguts: a un que li havien tallat una cama, a un altre que no s'aguantava per mancament de forces i debilitat, a un altre que tenia un peu una mica bàmbol. A vegades m'aixecava del llit a mitjanit per si algun d'aquells malalts tenia necessitat de beure aigua, d'acudir al bany... Hi havia una monja de torn. Les monges s'alegraven que els donàs una mà, perquè sempre hi havia un excés de feina. Un diumenge vaig fer teatre. Deien que m'ajudaria a conèixer les paraules i a dir-les més clares. La sala era plena de gent: els vells a una part, les velles a l'altra, els nins a les files de davant. Però a mi m'agradava, més que dir paraules, fer el cant dels animals: de la perdiu, del gamarús, del mussol, de l'àguila.

—Cotxo-co... cutxi-co... co...
—Txiu, txiu, txiu...
—Mièu, mièu!
I del llop:
—Ahuuu! Ahuuu...!
I de la guineu:
—Tau-tauuu...!
Sortia un a l'escenari i deia:
—Senyores i senyors, l'infant salvatge —el trobaren perdut en una vall— els farà el crit de la perdiu.
I em posava a fer:
—Cotxo-co... cutxi-co... co...
I agafava un tel de ceba i feia la trompeta, així, només amb els llavis, davant el micro:

—Pa-pa-ra, pa-ra-pa-pa, pa-ra-pa-pa...
Era un pasdoble. I cridaven:
—Olé!
Hi havia un d'aquells malalts que tenia un aparell de ràdio. Sovint posaven una cançó d'Antonio Molina. La vaig aprendre. De tot d'una no sabia què volien dir, les paraules de la cançó. Tornava a sortir aquell que anunciava les actuacions:
—Senyores i senyors, l'infant salvatge els cantarà *Una paloma blanca*.
I començava a fer la música, llavors a cantar:
—*Una paloma blanca, como la nieve, como la nive...*
Era com si el veiés, aquell colom blanc. Em varen dir:
—Les paraules serveixen per això: perquè vegis les coses sense que siguin presents.
Hi vaig fer un amic. Ens deixaven sortir a passejar. Una vegada anàrem al cinema. Varen aparèixer uns homes muntats a cavall. Portaven dues pistoles en les mans i les disparaven. Semblava que es dirigien a nosaltres. Em vaig aixecar i vaig partir a córrer. Vaig saltar sobre les fileres de butaques. La gent es va alarmar i varen encendre els llums. Vingué un guàrdia. Aquell amic li explicà que era la primera vegada que entrava en un cine, que havia viscut en una vall enmig de la muntanya, entre els llops.
Però tot m'era estrany: els maniquins de les botigues de roba, les portes automàtiques, les grues dels edificis en construcció, els renous del carrer, les escales mecàniques, l'autobús, el televisor, les motos, les màquines d'escriure, els rellotges, el piano.

Una monja s'asseia davant el piano i tocava. A mi m'agradava la música que feia. A vegades em proposava de recitar paraules en veu alta al so de la música: casa, llavis, estrella, taula, carrer.

I semblava que, sota els seus dits, el piano reproduïa la vibració dels mots.

17

A vegades els homes peguen els animals. Aquells que els fan patir no són amics meus. Veure-ho em fa mal. No hi ha una línia segura que separi els homes de les bèsties. Si a un infant la mare no li dóna el pit es moriria de fam, incapaç de cercar-lo pel seu compte. En canvi els animals tot d'una que neixen troben el pit de la mare. I és un gust veure'ls que mamen. Just acabats de néixer, són una mica cecs i, encara que tinguin els ulls tancats, veuen la claror i cerquen el pit, i comencen a mamar allà on sigui: a una cama, a la cuixa o al cap de la mare; però les mares tracten de posar-se de manera que els seus fills trobin el pit amb facilitat i puguin mamar. Què ens fa diferents? Les paraules, potser. Però els animals també saben dir-se'n, de paraules. Només és necessari posar-hi una mica d'esment, si és que vols entendre'ls.
—Cotxo-co... cutxi-co... co...!
—Tau-tauuu...!
I els llops. Vaig arribar a saber el significat exacte del seu crit. I ells m'entenien a mi quan els cridava:
—Ahuuu...! Ahuuu...!

Tot d'una acudien a veure què volia. No sóc un llop. Mai no he estat un llop, encara que, potser, arribàrem a esser còmplices. No menteixen, els llops. Els homes menteixen.

Cada vegada que he contat aquesta història no sempre aquells que m'escoltaven m'han cregut. En ocasions s'han pensat que deia bojors. D'altres no paraven de riure i pensaven que tot plegat només era un seguit d'extravagàncies. Sovint he dit: «Per què no em creuen?» I no hi sé trobar una resposta.

M'agradaria tenir una casa. Pens, a vegades, que estaria millor, si tingués una casa, cansat que estic de viure en habitacions llogades o en una pensió. I, si hi he coincidit amb alguna parella que tenia fills petits, m'ha agradat sentir com la mare els aviciava. Llavors m'he posat a plorar. El meu cor pensava que mai no he tingut una mare com ells que em faci una carícia. No sé si sóc capaç d'explicar-ho. Però he hagut de tancar-me a la cambra perquè ningú no veiés el meu plor. He vist que la lloba acaronava els seus llobatons, les cabres els cabrits, la porcastra els porcells de senglar. A mi no m'ha succeït mai. Per què?

Amb tant de temps que fa que m'arrancaren del bosc —potser fa deu anys— he treballat en feines diverses: he estat dins la cuina d'un hotel, en la construcció, rere la barra d'una cafeteria, en una serradora. Vaig acudir al mercat on venien roba usada i em vaig comprar unes botes d'aquelles que duen els militars. Em vaig posar les botes per anar a la feina. Treballava en una obra molt gran. Hi feia d'encofrador i fabricàvem bigues de blocs. Un dematí —hi havia gebre als carrers—, érem

a la planta quarta i traginàvem una biga molt feixuga. De sobte vaig caure per un forat i vaig tenir la sort que vaig anar a parar en un munt d'arena. Els altres, en veure'm caure, cridaren:
—Ajunta els peus, ajunta els peus!
Em vaig estirar. Les botes pesaven més que el meu cap i vaig caure de peus, però vaig quedar enclotat en l'arena fins més amunt que els genolls. No en sabia sortir. Els altres baixaren i em varen treure de l'arena amb les pales. No sabien avenir-se'n, que no m'hagués mort. No podia caminar i em dolien les cames. L'encarregat de l'obra em féu entrar al seu cotxe. Varen treure un mocador per la finestra i em portaren a una clínica. M'hi vaig estar una setmana, però no em tornaren a admetre a la feina. Em varen dir que era un atrevit, que no preveia el risc.
Vaig treballar en una serradora. Anàvem a la muntanya a tallar pins. Portàvem tres camions de càrrega i un altre amb una grua per agafar els troncs i carregar-los. També digueren que feia disbarats. Però treballava més que ningú: mentre els altres tallaven tres pins, jo en tallava cinc. Hauríeu d'haver vist la meva destral: contundent i ràpida. Després, en carregar els camions, m'aferrava als troncs i m'enfilava a la grua. Digueren que no m'adonava del perill i m'acomiadaren. Un dia, la muntanya era plena de neu i el camió no podia continuar el viatge. Posàrem les cadenes. I m'aferrava a tallar branques i a col·locar-les sota les rodes.
Mai no m'han pagat el que em corresponia pel meu treball. He de dir que no sé posar preu a la feina i accept fàcilment el que m'ofereixen. A vegades m'ha

succeït que un altre que feia menys feina que no jo guanyava més. Poques vegades m'han fet un contracte, amb l'excusa que no sóc de fiar. Em tenen per salvatge i el meu treball és clandestí, mà d'obra barata. Mà d'obra d'aquella que paguen a preu baix, la que dóna més rendiment a l'amo.

A vegades, perquè estic sol, me'n vaig a un bar i començ a jugar amb les màquines com un boig. M'agrada jugar-hi legalment, no com d'altres que peguen cops de puny per fer moure les xifres. M'agrada per saber quants de punts sóc capaç de marcar. A vegades he posat messions amb un o altre que era en aquell local per veure qui faria més punts. Em deia a mi mateix: «Sóc capaç de fer el que fa un altre». I tenia enveja d'un jove que, amb tants de punts com treia, podia repetir la partida. S'encenia el llum que indicava el seu èxit i saltava d'alegria. Més de dues vegades vaig vorejar aquell límit, fins que ho vaig aconseguir. Es va encendre el llum i em començaren a sortir partides que podia fer de franc. I cada vegada que me'n sortia una —tras, tras, tras— pegava una sabatada en terra. L'amo del bar es va pensar que pegava cops a la màquina. Vingué a dir-me:

—Escolta'm: tracta bé la màquina que et trauré a fora.

—Però...

—Si forces la màquina i jugues de franc, jo no guany res.

—A mi no m'agrada maltractar el que no és meu —li vaig dir.

—D'aquesta manera no guany res.

—Posi's al meu costat i veurà de quina manera faig el meu joc. Tinc sort, avui. I quan s'encén el llum, no em sé estar de pegar una potada al trespol.

Es pensava que colpejava la màquina per treure més punts.

—No —li vaig dir—, és en terra.

—Doncs segueix el joc, home.

Temps després, vaig treballar en un restaurant. Era en un suburbi, pròxim d'una zona on hi havia una gran quantitat d'edificis en construcció i hi acudien molts de picapedrers. Sovint hi anava a dinar i, per alleugerir-los el treball, entrava a la cuina, em servia el meu plat, parava la taula... Havia posat confiança en aquella gent. Decidiren fer alguns canvis: compraren taules noves, canviaren les cadires, renovaren la barra. M'oferiren la possibilitat de treballar-hi i ho vaig acceptar. Preparàrem la inauguració. L'amo féu fer unes targetes. Em vaig vestir de cambrer: una faixa vermella, una corbata negra, una jaqueta blanca i els pantalons negres. Vaig repartir les targetes i la primera nit, perquè tothom era convidat, s'omplí el restaurant. Tots menjaven i bevien de manera gratuïta. Vaig fer cantar els més vells. Deia:

—Aquell que guanyi el concurs de cant, demà tindrà el dinar pagat.

Estaven espantats de veure el bon servei que hi havia, només amb un cambrer sol. L'endemà, emperò, a l'hora de dinar, no vingué ningú. La mare del propietari feia de cuinera i era dins la cuina, mans plegades. Estaven cabrejats. El propietari se'n va anar a veure la retransmissió d'un partit de futbol. Només deia:

—Això és un negoci desastrós.

Li vaig dir:

—La gent vindrà, no es preocupi. Posi una pissarra a cada banda del portal i hi escrigui el preu del menú. Ha d'esser un preu assequible a la butxaca dels picapedrers.

La gent vingué. Fins que arribà un dia en què el restaurant es va omplir. Donàvem un plat de potatge, un bistec amb patates fregides, vi, gasosa, pa i, de postres, podien escollir entre un gelat, una taronja, un plàtan i un flam. He de dir que molts s'espantaven de veure les coses que feia. Llavors encara era un fill de la muntanya, l'home dels boscos vingut de la serra.

—És l'home dels boscos.

Amb la mare del propietari, sempre dins la cuina, a vegades ens barallàvem com moixos. I si jo deia blanc, ella deia negre. Però ens estimàvem i mai no ens hem tingut ni una mica de rancor. En una ocasió em vaig quedar sense feina. Feia molt de temps que no treballava en aquella casa. Hi vaig anar i, en veure'm, em varen preguntar:

—Quina feina fas?

Els vaig dir:

—No tinc cap feina.

Em preguntaren:

—Has dinat?

Vaig respondre:

—Fa tres dies que no he menjat res, però és igual, puc aguantar-ho.

Em varen dir:

—Vés-te'n a la cuina i fes-te el que vulguis. Ja saps on són les coses.

Vaig anar a la cuina i em vaig fer el menjar.
Em digueren:
—Vine a menjar aquí tots els dies fins que tinguis una feina.
Una nit, en un carrer solitari, un home em va agafar per les salapes i em va dir:
—Dóna'm la cartera.
Vaig pensar-ho un instant. Li vaig dir:
—Si em deixes fer, et daré la cartera.
—T'escaparies. Vinga, dóna'm la cartera.
—Però, què vols fer?
—Que em donis la cartera, si no, t'ompliré de cops fins que n'estigui cansat.
Em vaig posar la mà a la butxaca. Em vaig treure tota la força i li vaig pegar un cop de puny a l'estómac. El vaig tirar en terra. Em vaig posar a córrer. Em vaig amagar rere un cap de cantó. Quan vaig veure que s'aixecava, que no li havia passat res, vaig partir. El vaig tornar a veure una altra vegada. Va abaixar el cap i no tingué coratge de dir-me una sola paraula. Li hauria preguntat:
—Tornes a voler la cartera?
Però no ho vaig fer.
A vegades enyor la meva vall. Era una altra classe de vida, diferent. Mai no havia de pensar en l'endemà. Ara he de fer-ho. I em dic a mi mateix: Què em pot passar, demà? Llavors sabia que arribava el dia perquè sortia el sol; que partia a pondre's i vindria la nit. Ara he de pensar si tindré diners per pagar la pensió.
Observava els animals i sabia que n'hi havia que caminaven amb quatre cames, d'altres amb dues, uns

altres que volaven, uns altres que no tenien peus i s'arrossegaven per terra. Eren diferents a mi per dues coses: perquè jo podia fer servir les mans i em podia valer dels meus pensaments. Em venien al cap, els pensaments, sense saber com m'hi venien. I només ara sé que eren pensaments.

Encara no sé, amb tant de temps que ha passat, dormir en un llit. No ho he fet mai. Tinc avès al contacte amb la terra, a la duresa del trespol, a l'escalfor difícil de les pedres. D'altra manera no aferraria el son. A la casa que m'acolliren em donaren un llit. No havia vist mai els llençols blancs. Hauria pogut jeure a qualsevol lloc. No hi vaig saber dormir, tanmateix.

Un dia, un amic meu no sabia on podia trobar-me, d'arrufat que estava. Havia vist les sabates, els calçons. Diu que semblava un animal encargolat, un llobató. I explicava que m'havia tocat amb la mà i que li havia fet dos o tres brúfols. Així, vaig treure una mica d'aire pel nas:

—Uuush..., uuush...!

Potser mai no havia pensat que un dia hauria de partir de la vall. No ho havia pensat ni hi comptava. A vegades, per la televisió, he vist un esbart d'ocells banyar-se en un riu o llançar-se en un estany. No hi ha res que m'emocioni tant com veure aquells ocells, lliures i francs. Havia cregut que tot seguiria igual, sempre. Veia que els animals creixien. Així eren petits i llavors es feien grans. També em veia créixer a mi, però quasi no m'adonava dels meus canvis. Corria i jugava, unes vegades amb els animals, d'altres amb l'aigua, d'altres amb els arbres. Si tenia ganes de tallar llenya, en tallava, si tenia ganes de menjar, menjava el que tenia, si tenia ganes de dormir, dormia a qualsevol lloc, tant a dalt d'una penya com a dins la cova. No tenia por dels animals. Hi havia qui em guardava: la serp, que mirava per mi. Quan dormia, ella s'enroscava a la branca d'un arbre. Vigilava sempre.

Només fa dues nits, la vaig somniar. Vaig sentir que em fermaven una corda pel coll. Vaig treure una mà del tapament, la vaig allargar i vaig tocar un cos llargarut i bla. Vaig dir: «Si és la colobra!», mentre ella s'enroscava pel meu cos. No sabia si seria capaç de sortir-me'n. Vaig tractar d'escapar-me a poc a poc; però ella seguia enroscant-se amb més força i m'estrenyia. Vaig decidir d'embolicar-la amb les flassades i, just al moment en què anava a fermar-la en un farcell, em vaig despertar. Havia fet un nus amb les flassades. Res no era cert; però havia tingut por. Feia molt de temps que no hi pensava i era com si me l'hagués tret del cap. En un principi, durant els primers mesos que seguiren a la captura, vaig pensar-hi molt, en la meva serp. Parlava amb ella i somniava que estàvem plegats, de bell nou a la vall. A vegades he pensat que podria haver-se enfadat. No ho sé. Mai no li havia fet mal i si tenia una gota de llet, primer era per a ella que no per a mi. És cert que es barallava amb qualsevol animal per defensar-me. Li posava un plat de suro ple de llet i se la bevia. Però també menjava carn. En tenia a voler. Sobretot, rates.

Un dia, a la casa on treballava, em pagaren amb un taló. Vaig anar al banc. Miraren el xec i em digueren:

—No és correcte, no podem pagar-li.

Ho vaig dir al que m'havia fet el taló. Em va respondre:
—Les coses van malament. No podem pagar-te.
Després vaig saber que l'encarregat havia marxat sense dir res i se n'havia emportat tots els diners destinats a pagar el personal. Ho va fer perquè no cobrava.
Per Nadal em tornaren a enganyar. Per tres vegades em varen fer un taló sense fons. Primer d'un banc, llavors d'un altre, llavors d'un altre. L'home, rere la finestreta, passava el taló per una màquina i tot d'una sortia un avís: «No hi ha diners. Aquest taló no es pot pagar.»
I tornava a encarar-me amb aquell que l'havia signat.
Però no vaig cobrar.
—Són els diners que he guanyat amb el meu treball.
—Vingui un altre dia.
Tenia ganes d'agafar un ganivet de la cuina i envestir-lo, aquell que m'havia donat el xec.
—Però si només vull que em pagueu els diners que he guanyat.
—No és possible.
Els vaig dir que marxava d'aquella casa i varen treure uns papers perquè els signàs. Vaig fer-ho. Em digueren:
—Torni a venir demà.
L'endemà vaig tornar-hi. Vaig haver d'esperar més de tres hores, fins que vingué el director. Em va preguntar:
—Què fas per aquí? Tu ja no treballes a aquesta casa.
—Però no us recordau que no m'haveu pagat?

Em va dir:
—No hi ha diners. Torna a venir demà o demà passat.
—Anit passada et vaig veure que entraves a una sala de joc.
—Però a tu, què t'importa?
—No m'obliguis a fer un desastre: podria incendiar-te el magatzem, podria... Podria cridar els meus amics. Per lluny que siguin, vindrien escapats. Tingues per cert que m'ajudarien.
—Saps fer moltes coses, tu. Incendiar el magatzem, cridar els teus amics... A on has estudiat?
I li vaig respondre:
—A la muntanya, amb els llops.
Vaig estrènyer els punys i vaig sentir com les ungles se'm clavaven al call de la mà.
No sé si eren les ungles d'un llop.
Quan vaig obrir-les, les mans, vaig adonar-me que m'havia fet una mica de sang. Però la sang feia olor de garriga, d'herbes salvatges, de vent i lluna clara.

POST SCRIPTUM

He jugat amb els llops *ha estat elaborat literàriament a partir del relat oral sobre la seva vida que féu M.R. i que vaig enregistrar durant l'hivern de 1975. Hi contava els anys que precediren la vida solitària i com va sobreviure en una vall perduda de Sierra Morena per espai de quasi tretze anys. En tenia sis, quan son pare el va vendre, i en tenia dinou quan el trobaren. Quan el vaig conèixer en feia deu que l'havien descobert en un estat gairebé salvatge. Actualment viu a casa d'uns amics que l'han acollit en un petit poble al sud de Galícia.*

Durant més de trenta anys he reflexionat sobre el tractament que podia donar a aquell document oral fins a extreure'n el text que el lector té entre les mans. No volia trair la veritat de la història narrada, alhora que no podia prescindir de tot el que pot afegir-hi la creació. Sovint, en explicar als amics la història de M.R. m'han plantejat una pregunta a la qual he tardat molt de temps a trobar la resposta: «Tot el que conta, en referir-se a la seva relació amb els animals —els llops, la guineu, l'àguila, la serp— succeí de veritat?» La resposta és: «*No és tan important el que va viure, sinó el que va creure que vivia. Potser, la imaginació va salvar-lo de la solitud. Mentre, jugava amb els llops i es deixava guiar per una serp.*»

GABRIEL JANER MANILA

(Algaida, Mallorca, 1940) va créixer en un petit nucli familiar que vivia d'una botiga de teixits i merceria a la plana de l'interior de Mallorca. Va anar a l'escola del poble en els temps difícils de la postguerra, quan la fam i la misèria doblegaven les vides. Els relats de guerra són molt presents en els seus records d'infantesa.

Va estudiar Magisteri a l'Escola Normal de Palma i va fer de mestre durant 15 anys en dues escoles rurals i en una d'un suburbi de la ciutat.

L'any 1970 es va llicenciar en pedagogia per la Universitat de Barcelona i al cap de vuit anys, hi va llegir la tesi sobre «La problemàtica educativa dels infants selvàtics. El cas de Marcos», un estudi sobre un cas de marginació social, la història d'un nen que va viure abandonat durant 13 anys a les muntanyes de Sierra Morena i que ha inspirat aquesta novel·la.

Actualment és catedràtic d'Antropologia de l'Educació a la Universitat de les Illes Balears.

Es va donar a conèixer com a escriptor l'any 1967 amb L'abisme (premi Ciutat de Palma de novel·la).

D'aleshores ençà la seva producció novel·lística és contínua, amb títols tan remarcables com *Els alicorns* (premi Josep Pla 1971), *La cerimònia* (1977), *Els rius de Babilònia* (premi Sant Joan de novel·la 1984), *La dama de les boires* (1987), *Paradís d'orquídies* (1992), *Els jardins incendiats* (premi Carlemany 1997), *Estàtues sobre el mar* (2000), *George, els perfums dels cedres* (2002), *Èxtasi* (2005) o *Tigres* (premi de les Lletres Catalanes Ramon Llull 2007).

També ha conreat l'assaig, amb títols com *Cultura popular i ecologia del llenguatge* (premi Josep Pallach 1981), o la seva tesi doctoral *La problemàtica educativa dels infants selvàtics: el cas de Marcos* (1979).

I la narrativa infantil i juvenil: *El rei Gaspar* (premi Folch i Torres 1975), *Tot quant veus és el mar* (premi de la Generalitat de Catalunya al millor llibre infantil publicat l'any 1987 i Premi Nacional de literatura juvenil del Ministeri de Cultura 1988), *Els rius de la lluna* (premi Ala Delta 1989), *Recorda't dels dinosaures, Anna Maria* (premi Edebé 1991), *Han cremat el mar* (de bell nou Premi Nacional de literatura juvenil del Ministeri de Cultura 1994), *El terror de la nit* (premi Columna-Jove 1995) i *Samba per a un menino da rua* (designada per a la Llista d'Honor de l'IBBY 2002). Per dues vegades, l'any 1988 i el 1994 fou nomenat candidat de l'Estat espanyol al Premi Internacional de literatura juvenil Hans Christian Andersen.

Altres títols de la col·lecció:

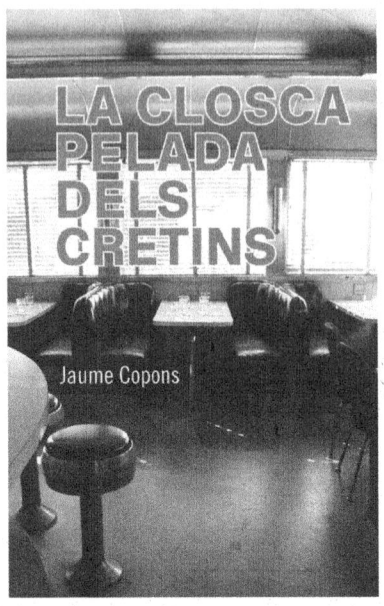